レスターク
リーフィッド国の元公子。
ナディア
ナディルの異母妹で第二王女。
シオン
ギッティス大司教でナディルの実弟。
リリア
アルティリエの女官。
フィル＝リン
ナディルの乳兄弟で執政官。
レイ
ナディルの執政官。
ルシエラ
エルゼヴェルト公爵の後妻。
レオンハルト
エルゼヴェルト公爵。アルティリエの父親。
ディオル
アルティリエの二番目の異母兄で艦長。
ラエル
アルティリエの護衛で三番目の異母兄。
レーヌ
オストレイ卿の副官。
オストレイ卿
東方師団の第一連隊長。

…幕間… 執政官と国王が軍事演習に至るまで

木立の中に紛《まぎ》れるように立てられた簡易な天幕《てんまく》には未《いま》だ灯《ひ》がともっている。

わざと乱雑に天幕の出入り口の布を開き、俺は脳天気《のうてんき》にも聞こえるような声を出した。

「まーだ、寝《ね》てないわけ？」

天幕の奥《おく》に陣取《じんど》る影《かげ》は顔をあげることもなく、手元の書類の束をめくっている。

その目の前にある木材と板を組み合わせただけの、テーブルと呼ぶにはおこがましいような台の上には、こんな場所であっても追いかけてくる書類の束やたくさんの紙片《しへん》、それから、何本もの通信筒《つうしんとう》が転がっていた。

「……これを処理したら仮眠《かみん》はとる。……で、リーフィッドの続報か？　何か新しい情報が入ったか？」

真っ先にリーフィッドについて尋《たず》ねられる。

先頃《さきごろ》新領土となったリーフィッドを巡《めぐ》り、現在我が国は、帝国《ていこく》との戦《いくさ》の真っ最中だ。王宮で最後に受け取った報告では、戦況《せんきょう》に変化なしの膠着《こうちゃく》状態だった。

リーフィッドは山国だ。大軍を展開できるような平原はなく、街道《かいどう》の要所を巡っての局地戦を重ね、相手の消耗《しょうもう》を待つしかない。

「いや、リーフィッド戦線についての続報はない。ただ、王宮からの速報が届いている。新しい情報っていうか、確認《かくにん》できたっていうか……」

俺《おれ》は何とも言葉を選びかねて口ごもった。

「……フィル＝リン？」

もったいぶらずにさっさと言え、という響《ひび》きをこめて名を呼ばれる。

それほどわかりやすい男ではないが、こういう時の我が主《あるじ》――ダーディニア国王たるナディル陛下《へいか》の声音《こわね》はとても雄弁《ゆうべん》だ。

「王宮のナディア殿下《でんか》から。……やはりというか何というか、帝国のお姫《ひめ》さまは何も知らなかった。……彼女《かのじょ》はダーディニアと帝国が開戦寸前だったことすら知らなかった。ありゃあ、使い捨ての目くらましみたいなもんだな、可哀想《かわいそう》に」

「……追い返したのか？」

「いや。どれだけ役に立つかはわからないが、万が一の時の人質《ひとじち》にすることを視野にいれてナディア殿下の客人として王宮に留《とど》めたらしい――皇女《こうじょ》には何も知らせずに」

ナディルがまじまじと俺を見る。

「何も知らせずに？」

「ああ。ナディア殿下が皇女を丸《まる》め込《こ》む言い分がまた傑作《けっさく》でな。『お兄様に門前払《もんぜんばら》いをくらったそうですね。もし、まだねばるおつもりなら、私がお兄様に相応《ふさわ》しいか見極めてさしあげます』と言ったら、ものの見事に食いついたそうだ。今の時期に王都でうろちょろされるよりも自分の目の届く範囲《はんい》に置いておいた方がマシだと考えて、そのまま東宮《とうぐう》の客殿《きゃくでん》に連れこんだらしい」

「東宮に？」

「ああ。――おまえも姫さんも留守《るす》とはいえ後宮《こうきゅう》に近いところには置きたくないし、東宮の客殿に入れてあるんだと。話をどうもっていったのかは知らないが、滞在《たいざい》しているのは皇女と侍女《じじょ》一人だけ。外との連絡《れんらく》を絶つようなことはしていないが、見張りはしっかりとつけてある。まあ、実質的にはていのいい軟禁《なんきん》状態ってところじゃないか？　当人達が気付いているかはわからんけど。……帝国の内情を探《さぐ》ってみるが、知っていることは少ないのではないか、というのが添《そ》え書《が》きされていたレナーテ嬢《じょう》の見解だ」

ふむ、とナディルは少しだけ考えるような様子を見せ、静かに口を開く。

「……ナディアは随分《ずいぶん》と気を回すようになったな」

「そりゃあ、ナディア殿下はもう子どもではいられないからな……」

父を亡《な》くし、母と離《はな》れ、さらには己《おのれ》の双子《ふたご》の兄弟《きょうだい》を失ったことで、彼女の子どもでいられる時間は完全に終わった。逆風の中でいろいろと辛《つら》い目にもあっているが、今は数少ない王族の一員として公務《こうむ》に携《たずさ》わり、その義務《ぎむ》を立派に果たしている。

正直なところ、俺は結構驚《おどろ》いた。

それほどあの王女のことを知っているわけではなかったが、今のナディア殿下の姿は、幼い頃のやや驕慢《きょうまん》でわがままなところのあった王女からは想像がつかなかった。双子の片割れが大逆《たいぎゃく》という何よりも重い罪を犯《おか》したこと。そのために彼を失ったことが、彼女が今の彼女になる大きな要因になったのだろうと思えた。

「そういう意味ではない。あれは元々愚《おろ》かな娘《むすめ》ではない。多少驕《おご》ったところはあったが、長ずるにつれて抑制《よくせい》もきくようになっていた。だが、どちらかといえばまっすぐな性質で腹芸《はらげい》もそれほど上手《うま》い方ではない。……今回の件をそんな風に取り計らうことができるとは思っていなかった」

確かにナディア姫はまっすぐな気質だ。健《すこ》やかに育《はぐく》まれた者特有の強さと正しさを持っている。だが同時に、やはり彼女は王族なのだ。

(己が上に立つ者であることの自覚がある)

多少の清濁《せいだく》を併《あわ》せのむ器量をもち、必要とあらば相応しい態度をとることもできる。

「……むしろ、皇女がうまくナディア姫を言いくるめて入《はい》り込《こ》んだと思っているのか？」

「いや……あの皇女は、度胸《どきょう》はあるが考えはそれほど深くない、と思う。ただ………」

ナディルはやや考え込みながら、顎《あご》に拳《こぶし》をあてる。

「……ただ？」

「追《お》い詰《つ》められているのだろうな」

ナディルは言葉を選びながら告げた。

「……どういう意味？」

「謁見《えっけん》の時、ずっと強く手を握《にぎ》っていた——手袋《てぶくろ》がなくば掌《てのひら》に爪《つめ》が刺《さ》さって傷をつけていたに違いない。緊張していたのだろう。不自然なほど瞬《まばた》きが多く、寝不足でかなり顔色が悪いのを化粧《けしょう》で隠《かく》していた」

「細かいところを見てるのな」

「不本意ではあるが、私に求婚《きゅうこん》してきた相手だ。多少は観察した——随分と硬くなっていたようだし、内心では逃《に》げ出《だ》したかったのではないか？　帝国での私の評判は地獄《じごく》の鬼か闇《やみ》の大魔王《だいまおう》かというようなものらしいから」

「…………それほど怯《おび》えていたか？」

「ああ。……大げさに芝居《しばい》がかった様子で食い下がったのはただの虚勢《きょせい》だ。怯える己を隠すためにわざと声のトーンをあげ、己に注目を集めていた」

「そうだったか？」

「ああ。……無理もない。私に関わった帝国の皇族《こうぞく》は一人残らず表舞台《おもてぶたい》から強制退場させられているか、私のせいで墓地に送られている」

あっさりとナディルは言う。

確かにこいつと相対した皇子達《おうじ》は全員表舞台から姿を消している。すべての相手のその後を知っているわけではないが、俺が知っている範囲では、全員仲良く墓所の住人だ。

婚姻《こんいん》規定が厳格なせいで王族が少ない我が国と違《ちが》い、庶出《しょしゅつ》であっても皇族と認められる帝国において、皇族の数は多く、我が国では考えられないほどに扱《あつか》いが悪い。端的《たんてき》に言えばすごく雑《ざつ》だ。

有力な次期皇帝《こうてい》候補だった皇子ですら、たった一度の敗北のせいで本国に戻《もど》ってから処《しょ》刑《けい》されている。

（たぶん、あの皇女も……）

捨《す》て駒《ごま》なのだろうな、と思う。下手《へた》したら、帝国に戻っても亡《な》き者《もの》とされてしまうだけかもしれない。

（一番最悪のパターンは彼女がそうやって殺されたのを、我が国が殺したのだと主張されて、それがさらなる戦の理由にされることだな）

「…………あんたを落とせなきゃ、命がないんじゃないか？　あの皇女さん」

「それくらいのことは言われて我が国に赴《おもむ》いたかもしれない」

「何とも悩ましい話だな」

「ああ」

だが、ナディルの言うような事情であるにもかかわらず、並の神経しか持ち合わせていないのなら、怯えないはずがない。

俺の好みではないが、あの皇女は美しい。これまで多くの男を惑《まど》わせてきたとしてもおかしくないし、多少の自信はあったかもしれない。

(でも、相手がナディルだからな……)

その時点で色仕掛《いろじか》けの難易度《なんいど》は不可能な方向に天元突破《てんげんとっぱ》する。

(こいつ、人の顔の見分けはついてるけど、たぶん、美醜《びしゅう》はあんまり認識《にんしき》できてないから)

あの皇女の美貌《びぼう》には何ら感銘《かんめい》をうけていないだろうことを俺は知っている。

「とはいえ、彼女を唆《そそのか》してこちらに寄越《よこ》した者も成功するとは思っていないはずだ」

ダーディニアが婚姻外交をしないことは広く知られている。もちろん、帝国側もそれは承知のはずだ。

「それとも、私は初対面のほぼ敵国といっていい帝国の皇女を、一目で見初《みそ》めて堕《お》ちるような愚《おろ》か者《もの》だと思われているのか?」

「いや、それはないだろ。……帝国ではそういう例があるらしいが、我が国では絶対ありえない話だ」

「もしそう思われているのだったら、屈辱《くつじょく》のあまりうっかり手が滑《すべ》ってしまいそうだ」

「滑らせて何するんだよ」

「…………」

ナディルは俺の言葉をわざと聞き流した。

（あの皇女、ナディルの地雷《じらい》を思いっきり踏《ふ》んだからな…………）

自業自得《じごうじとく》なので放置しておいてもいいような気がするが、少しは気にしておいてやろうと心に留めておくことにした。


そもそも、ナディルは女に惑《まど》わされたり、心を奪《うば》われるようなタイプの男ではない。美醜に価値を見いだしていないし、これまでも妃《きさき》の座を狙《ねら》った多くの女性達が退《しりぞ》けられてきた。

（……何よりも、こいつの心はとっくに姫さんのものだ）

陽の光を集めたような金の髪《かみ》とエルゼヴェルトの青の瞳《ひとみ》を持つ我が国の王妃《おうひ》――――アルティリエ＝ルティアーヌ殿下……その名の通り光を体現したかのような色合いと美貌を持つあの少女こそが、ナディルの心を満たしている。

過去を……記憶《きおく》を失いながらも前を向く、凛然《りんぜん》としたその姿を俺は何よりも美しいものだと思う。

ゆっくりであっても決して歩みをやめることなくナディルの隣《となり》に立ち、細やかに気遣《きづか》う姿は尊《とうと》くもある。

(って言っても、別に俺は姫さんに惚《ほ》れてるわけじゃねえけど……)

俺はただ、姫さんがナディルの隣にいるのを見るのが好きなのだ。

姫さんの笑顔《えがお》にナディルが目を細めていたり、あるいは拗《す》ねたような言葉を投げつけられ、よくできた笑顔をわずかにひきつらせておろおろしているところを見るのが何よりも楽しい。

(他の女の入る余地はないし、他の女を望むこともない……姫さんは知らねえだろうけど、こいつは結構融通《ゆうづう》がきかないんだ)

「……東の方はどうやら落ち着いたようだ」

「と、いうと？」

「バイゼラ大聖堂より、王妃が来臨《らいりん》したことに対する礼とシオンが王妃に付《つ》き添《そ》っている旨《むね》の連絡が届いている」

「…………姫さん？　なんで姫さんが？」

手渡《てわた》された紙片に書かれているのは、姫さんのおかげでバイゼラ大聖堂が聖なる堂宇《どうう》の本来の姿を取《と》り戻《もど》したこと。そして拉致《らち》された公爵《こうしやく》を追い、姫さんがシオン猊下《げいか》と共にすでにアル・バイゼルを旅立ったことが書かれている。文末に添《そ》えられている発信者の名は、大聖堂を預かるイーヴォン大司教《だいしきよう》の名だ。

「バイゼラ大聖堂が敵の手に落ち、連絡が途絶《とぜつ》していたことは知っている。イーヴォンがバイゼラ大聖堂を自《みずか》らの手に取り戻せたからこそ『神の声が聴《き》けて』いるのだろう――それがルティアのおかげだという理由まではわからない。……それについては、あの子が戻ってから詳細《しょうさい》を聞けばよい」

「……あのさ、あんた、考えるの先延ばしにしてるだろ。ぜってー、姫さん、何かやらかしてるぞ」

「やらかしている？」

「『神の声』による伝達だから詳《くわ》しいことを伝えられないのは仕方がないが、イーヴォン猊下が王妃の来臨に言及《げんきゅう》してるんだ。姫さんは自分の身分を明らかにして、それなりのことをしたとみて間違《まちが》いない」

「……そのために行ったのだ。それは想定内だ」

エルゼヴェルトの推定相続人《すいていそうぞくにん》たる王妃が、己の名を……その身分を明らかにして、エルゼヴェルト公爵の行方《ゆくえ》不明に端《たん》を発《はっ》する東部地域の騒動《そうどう》を治めること――それが、今回の最も望ましい解決だった。

常日頃《つねひごろ》、東部地域の盟主《めいしゅ》であるエルゼヴェルト公爵との確執《かくしつ》が噂《うわさ》されているナディルの名で事態の収拾《しゅうしゅう》を命《めい》じると、さらに確執が広がり騒《さわ》ぎを大きくする可能性があったし、姫さんの名で命じたとしても、それはナディルが姫さんの名を使っただけだと反発されるだろうことが明らかだった。

（だから今回、姫さんがナディルの反対を押《お》し切《き》り、王宮を出奔《しゅっぽん》して直接東部に足を運んだことは最善だった）

最善だったけれど認められない、というのがナディルの心境なのだろう。苦々しい表情をしている。

「……姫さんの功績《こうせき》を認めてやんないの？」

「まさか。……ルティアが東方《とうほう》動乱を未然《みぜん》に防ぎ、バイゼラ大聖堂を取り戻したことについてはしっかりと褒《ほ》め称《たた》えねばならぬだろう。……王妃が成《な》したからこそ大きな意味がある。だが、王宮を出奔したことについては認めるわけにはいかない」

「認めないも何も、あんたの命令で極秘《ごくひ》でアル・バイゼルを訪《おとず》れたってことにするのが最善だから、出奔した事実はなかったことになるだろ」

「……わかっている。わかってはいるが、私個人としては、今この瞬間《しゅんかん》もルティアが王宮を出たことを良しとするつもりはない」

ようは、姫さんの出奔というか家出を認めない——今後も危険なことは一切《いっさい》させるつもりはないということなんだろう。

だから、再び同じような事態に陥《おちい》ったとして、姫さんが前に出ることが最善だったとしても、きっとナディルはまた反対するに違いない。

（まあ、それはしょうがねえよな……）

惚れた女が危地に踏《ふ》み込《こ》むのを許せるはずはなかったし、ナディルにとって姫さんは己の唯一《ゆいいつ》なのだから仕方がないとも言える。

その気持ちはわからないでもなかったが、この時の俺が言えたのは一言だけだ。

「……時々、すごく面倒《めんどう》くさいな、あんた」

ナディルはむすっとした表情で口を開きかけ、結局は何も言わずに書類に目を落とす。

「で？　建前《たてまえ》はわかった。最善だってことも納得《なっとく》してるし、仕方がないとも思ってる。じゃあ、何がそんなにひっかかるわけ？」

「別にひっかかっているわけじゃない」

「ひっかかってるから、そんなどうしようもない面《つら》してるんじゃねえの？」

不機嫌極《ふきげんきわ》まりないというだけでなく、どこか戸惑《とまど》うような色がある。

その表情がどういう感情から生まれるものなのか俺は知らない。

（ナディルのこんな顔は初めて見るわけで………）

姫さんが絡《から》むと、こいつは見たことのないような顔ばかりする。

（ほんっと、姫さんすげえよ）

つくづく姫さんは偉大《いだい》だと思う。

「じゃあさ、ひっかかってるんじゃないんなら何が気になってるわけ？」

「気になっているわけじゃない。ただ……ルティアは私が頼《たよ》りないから家出をしたのかもしれない、と」

「はぁ────？」

（え？　あんた、それマジで言ってんの？）

「……私はあれが記憶を失ってしまうまで何もできなかった男だ。だが、記憶を失ったあの子はそんな私にも寛容《かんよう》だった。やり直す機会を得たのだと思った……少しは近づけたと思った。そして、二人の時間を重ねるうちに見直してもらえたのだと思った。……でも、あの子は私に守られていてはくれなかった」

私は信頼《しんらい》されていないのだろうか？

ぽつり、とナディルの口から漏《も》れた言葉は、きっと本当は口に出すつもりのなかった言葉に違いない。とりすました仮面がはがれて、何だかものすごくこいつを近くに感じる。

「阿呆《あほう》。んなことねーよ！　姫さんは、おまえのことを信じてるからこそ行ったんだ」

「どういう意味だ？」

「何かあってもおまえが絶対に何とかしてくれるって信じてるから、絶対安全な王宮を抜《ぬ》け出《だ》して、危険があるかもしれない東部に行ったんだ」

「…………」

俺の方をじっと見るその顔は、とても胡散臭《うさんくさ》いものを見るような顔だ。

「だ——か——ら——。あ——————っ」

俺はどう説得していいかわからなくてがりがりと乱暴に頭をかいた。

それから、深く深くため息をつく。

(たぶん、これは姫さんじゃなきゃ無理だ)

本人の口からちゃんと聞かないと納得できないだろう。

「……姫さんは今はどこに？」

ナディルはあっさりと言った。

「海の上だ」

「……確認取れたのか？　例の艦船《ふね》を使ったのか？」

「ああ。……海軍も東方師団《しだん》もルティアの命に服《ふく》した。東部は王妃の意志の下《もと》に在《あ》る。おそらく、もう問題はないだろう」

「…………あとはこっちか」

「ああ」

気を取り直したナディルは幾《いく》つかの命令書にサインをいれ、俺はそれぞれに相応しい方法で梱包《こんぽう》する。暗号文で書かれているものがほとんどなのは、何らかの事故で失われたときの用心だ。

離れた場所で情報をやりとりする場合、聖堂を使うのが最も早く伝達できる方法だ。が、これには幾つかの制限があり、どこでも使えるというわけではない。

ダーディニア王家と正教は密接《みっせつ》なつながりを持つが決して同一ではなく、それだけに聖堂を使って伝達する際の情報には取捨選択が必要となるし、それに頼りきることはできない。

そのため、伝書鳩《でんしょばと》や駅を繋《つな》ぐ形の伝馬《てんま》等、幾つかの方法を駆使《くし》することで、戦時の情報は複数のルートで伝えられるよう整えられている。報告書であれ、調査書であれ、その文書を発信した日時と発信者とを必ず記すことになっているのも、より正確に判断するためだ。

「どうせ俺が何言ってもおまえは納得しないだろうから無駄《むだ》なことは言わないでおく。でも、姫さんと会ったら聞いてみろ。おまえが思ってるようなことは絶対にないから!!」

「…………」

だんまりと無表情を決め込む男に俺はわかりきったことを問う。

「……大事なんだろう?」

「当たり前だ」

(ほら、即答《そくとう》じゃねえか)

「なら、ちゃんと向き合って聞け。姫さんはおまえと違って素直《すなお》だから、はぐらかしたり誤魔化《ごまか》したり曖昧《あいまい》にしたりしないから」

「……………わかった」

不承不承《ふしょうぶしょう》といった様子でうなづくナディルに、俺は腹の底からの深い息をついた。

「で、この演習の最終目的地はどこなんだ？」

俺達がこんな場所にいるのは、『東部にいる王妃を迎《むか》えに行くための近衛《このえ》の軍事演習』という名目で軍を発したためである。

それがだいたい半日前のことで、小一時間ほど駆《か》けて王都に程近《ほどちか》いアルディガ湖から船を使ってレヴァ河を下り、現在は、レヴァ河と『石の道』と呼ばれる街道との合流地点であるファラダという村で野営をしている。

街道と川が交わる合流地点であるという地理的条件から言えば、ファラダはもっと発展して大きな街になっていてもおかしくない。

だが、古くからの御料《ごりよう》牧場があることと度々川が氾濫《はんらん》することがあるためになかなか街が作りにくいことから、未だに人間よりも馬の数が多いという田舎《いなか》の小さな村にとどまっている。

（でも、御料牧場があるから、いろいろ便利ではある）

御料牧場の管理者はただ牛や馬を飼っているだけではない。

（特にここは、ファラダを通過するさまざまなものの管理をしている）

人や物だけでなく、情報の管理もだ。ナディルがここを野営地に選んだのにはちゃんと意味がある。

「軍を二手に分け、一方は陸路で灰色の街道を駆け、シュイラム、イシュトラの状況《じょうきょう》を睨《にら》みながらラガシュへ。……場合によってはリーフィッドに入ることも視野に入れている」

「……場合によってはシュイラムやイシュトラとの国境に、ということもありえるわけか」

「ああ」

最前線の指揮官であるアルフレート殿下から俺達の元に届いている最新報告は、帝国からの侵攻ルート上にある三か所の防衛拠点《ぼうえいきょてん》において、激しい戦闘を繰り広げているというものだった。

（間断《まだん》なく攻めかかられてはいるものの、防衛に適した拠点だから、ほとんど取り付く前に退《しりぞ》けることができているとも書いてあった……）

リーフィッドには当初派兵《はへい》した人員に数回の増員を重ね、合計して約一万二千人が配置されている。が、直接戦闘に参加しているのは、この三ヵ所の防衛拠点を守備する兵員達だけで、残る兵員は防衛拠点の後方支援《こうほうしえん》にあたっていた。

アルフレート殿下は、それほど疲弊《ひへい》しないうちに防衛拠点を守備する兵員を入れ替える方策をとっていて、前線の兵士の士気はかなり高いらしい。

「拠点を巡る攻防というのは、規模が極めて小さな攻城戦《こうじょうせん》のようなものだ。兵数は少なくとも拠点がある時点でこちらが優位に立てる。それに、どうやら帝国は行軍速度を重視して攻城兵器の類《たぐい》を持ってきていないらしい。大軍を展開する場所がないリーフィッドを戦場としている以上、帝国が今回の侵攻に投入した最精鋭《さいせいえい》だという触れ込みの二個師団三万人も、ご自慢の白備えの騎馬隊もまず意味がない」

「なのに、あちらさんは攻めてくるってどういうことだよ？」

「国内の政争を有利に運びたいのだろう。――次期皇帝位をほぼ約束されているという皇子がいるらしいが、正直、そんなものは皇帝の一存でいくらでもひっくり返せる程度のものでしかない。たとえ正式に皇太子《こうたいし》として立てられていたとしても、皇帝の一言で罪人に墜とされることもある……それが可能なのが『帝国』だ。だが、私に勝利すれば……………我が国から何らかの譲歩を引き出せれば、次期皇帝の座は確かなものになるだろう」

これまで積み重ねてきた歴史がそうさせるのか、ナディルが絡むと帝国の人間は冷静な思考を保《たも》てなくなるようなところがある。

「……同じことを考えた人が何人も墓所に眠っているってことを考えないのかね、あの国の奴《やつ》らは」

「フィル、順調に歩いている人間ほど、物事を自分に都合よく考えるものだ。……たぶん、彼らは敗北する未来を思い描いたことがないのだろう」

「あんたは考えたことあんの？」

「……ある」

ナディルは力強く肯定《こうてい》した後で、静かな声で続けた。

「基本的に私は、最悪の想像をするところから始める。順調に物事が運んでいる時ほど、嫌な予感がしてならないし、慎重にならずにいられない。…………特に今の私には守るべきものがある」

だから、そのためには手を尽くすし、決して負けるわけにはいかないのだと淡々《たんたん》と告げる。

「……いまこの瞬間とて、状況は刻一刻と変わっているだろう。もしかしたら拠点は三カ所とも落ちたかもしれない……だとすれば公宮《こうぐう》での籠城戦《ろうじょうせん》へと事態は展開しているだろう。その場合は先行させる部隊が援軍になる」

もし、未だ戦線が拮抗《きっこう》しているのだとすれば敵を押し返すための後詰《ごづ》めとして有利に使えるという算段だった。

「……それで、二手に分けたもう一方は？」

「一旦アルダラを目指し、その後は国境を見据《みす》えつつ北上してラガシュないしリーフィッドを最終目的地とする予定だ」

この言い方だとナディルはこちらを率いるつもりなのだろう。

「なぜ、アルダラ？」

俺は脳裏《のうり》に地図を描《えが》き出す。ファラダからアルダラへは、川を下れば半日もかからない。船を選べばさらに時間は短縮できるはずだ。

「……ルティアを迎えに行く」

「え？」

一瞬《いっしゅん》、何を言われたかわからなかった。

「何だその呆《ほう》けた顔は。……そもそも、ルティアを迎えに行くための軍事演習だぞ。そのために王妃の騎士《きし》達も連れてきている——単にルティアがもう東部にいないだけで」

「いや、それ、ただの名目かと……え？　じゃあ、姫さん、アルダラに来るのか？　確か、公爵を拉致《らち》した犯人の船を追っているんだよな？」

「ああ」

「でも、なんでアルダラ？　アル・バイゼルを出たシュイラムの艦船が中継港《ちゅうけいこう》として使うのは、ほとんどの場合、ディリウムだろ？」

「通常の商船であれば、だ。……だが、公爵を拉致したエリュ・リフェーラ号は偽装《ぎそう》商船だ。臨検《りんけん》が厳しいアルハンの本拠地《ほんきょち》を選ぶ必要はない」

「だから、アルダラ？」

「ああ。一番、妥当《だとう》だ」

「……姫さんがあんたと同じ結論を出すって、あんた思ってる？」

「ルティアだけでは判断はつかないだろう。……でも、ルティアならば専門家の意見を容《い》れることができる」

だから、姫さんならば自分と同じ判断をすると当たり前のようにナディルは言う。

（……これってもしかして、形を変えた惚気《のろけ》か？）

「……了解《りょうかい》。船の手配をする。一個中隊でいいな？」

「小隊でいい」

「いや、一個中隊で。……いくら国内の安全な地域だったとしても戦時中だぞ、一個小隊はない。絶対にありえない」

実際のところ姫さんを迎えに行くのでなくば、演習という名目をつけたとしてもナディル自身が軍を率いることはできなかった。

王位継承権第一位である第二王子のアルフレート殿下がすでに前線にある以上、国王であるナディルまでもが戦に出るのは喜ばしいことではない。ナディルにまだ世継《よつ》ぎはなく、我が国の王位継承権者はとても少ないのだ。

「……わかった」

仕方がないな、と、ナディルは何を考えているのかわかりにくい顔でうなづく。でも、

俺にはわかる。これは、困惑《こんわく》しているときの顔だ。

「何、変な顔してんの？」

「……家出した妻を迎えに行く夫というのは、どういう表情をすればいいんだろうか？」

「笑って出迎《でむか》えればいいんじゃねえの？」

「いや、そこで笑って出迎えたら、家出を認めたことになるのでは？」

「認めるも何も、もう済んだことだろう？」

「フィル、こういうことは後処理が大事なんだ。なし崩《くず》しにして家出をなかったことにしたりすると、また同じことをするかもしれない。私は二度と家出など認める気はない」

「じゃあ、説教でもするか？　もう二度と家出なんか考えないように」

ナディルの説教なんて、心の傷になるくらいの罰《ばつ》ゲームに違いない。

「…………………」

ナディルが口ごもった。

「……何だよ」

少し考え込むような表情に言葉を促《うなが》す。

「……下手に説教などして、ルティアを怯えさせたり、嫌《きら》われたりはしたくない」

（一応、自分が説教するとどうなるかはわかってるんだな…………）

そこそこ自覚はあるらしい。

その様子があまりにも真顔だったので、俺は何だかおかしくなってしまって、噴《ふ》き出《だ》しそうになるのを堪《こら》えるのが大変だった。

薄闇に包まれ始めたアルダラ港は、何かが焦《こ》げたような……まるで、火事の後のような臭《にお》いが漂《ただよ》っている。

（今の状況でシュイラム船籍《せんせき》の船が、我が国の港に臨検なしで立ち寄るってのは、どだい無理な話だろうに………）

俺は港湾警備隊《こうわんけいびたい》の詰め所も兼ねている塔の階段を上りながら、アルダラ港に入港しようとするエリュ・リフェーラ号と警備隊が、たった今目の前で繰り広げた捕り物の一幕を思い出していた。

アルダラはそれほど重要な施設がある港ではない。この港はレヴァ河の最下流にあるということが重要で、外海を行く艦船が立ち寄るような港ではないのだ。

（……レヴァ河を行き来することが許されるのは、我が国の艦船だけだ）

なので、そもそもアルダラに立ち寄る他国の艦船は珍しく、通常時であれば通り一辺倒《いっぺんとう》の――担当役人が積み荷の点検や船長の聴取をする程度の入港検査くらいしかしない。

だが、生憎《あいにく》と現在は戦争中である。

まだシュイラムは我が国に宣戦布告をしていないので直接敵対しているわけではないが、シュイラムが帝国と同盟している以上、ほとんど敵国であるも同然だ。それで、おざなりの入港検査程度で済まされるはずがない。

加えて彼らが不運だったのは、ここにナディルが居たことだ。

（警告だの何だのの手順はちゃんと踏んだけど、たぶん、あいつら状況がよくわかってなかったよな）

重要な施設はないが、最重要人物と言ってもいい人間が滞在中だったせいで、賄賂《わいろ》で見逃すような役人の出る幕はなかったし、最初から港湾警備隊は万全《ばんぜん》の体制を敷いていた。

（もしかしたら、うちが帝国と開戦したことすら知らなかったかもな）

俺の場合、最新の情報が豊富に入ってくるのが当たり前すぎて忘れがちだが、普通は他国の状況や国の上層部の思惑などをこんなにも早く詳細に知り得ることはない。

（…………たぶん、ダーディニアが特殊《とくしゅ》なんだよな）

ナディルが情報を重視するために、さまざまな伝達手法が工夫され、その収集体制が整っている。

「…………状況は？」

やや息を荒らげながら階段を上る俺の、最後の一歩が地に着くか着かぬかという瞬間に声がかかった。

「制圧は完了した………あれ？　あそこに見えているのって、もしや、姫さんの艦船か？」

沖の灯台を越えたくらい、手のひら大に見える船は、いつか設計図で見たことのある艦船そのものだ。

マジで来た、と思わず呟くと、ナディルは当然のような顔で言った。

「だから、ルティアならアルダラに来ることを選ぶだろうと言っただろう」

その表情は、どこか得意げに見える。

「そりゃあ言ってたけど………」

ナディルがふっと柔らかく笑った。たぶん、本人は自分で笑ったことすらわかっていないと思う。それくらい自然で、無意識にこぼれた……みたいな笑みだった。

(姫さんとの仲が深まってから、こういう表情が増えたよな……)

作り物の愛想《あいそ》笑いじゃない、本当の感情を映した表情だ。

俺はそういう顔を見られるのが嬉しくて、同時に少しだけ口惜《くや》しい。

(それは、俺が引き出せなかったものだから……)

ふと、遠くに見える船を眺めていて気付く。

「……なあ、あれ、停まってないか？」

大きさが全然変わっていないように思えた。

「……もしかしたら、あちらからはまだ騒ぎが静まっていないように見えているのかもしれない」

そんなことを言いながら、ナディルは下に降り始める。

「…………おい、どうするんだ？」

「旗を振らせればいい。それでわかるだろう」

「敵の罠《わな》を疑うかも知れないぞ？」

「我が国の旗を振らせろ。…………護衛隊が持つ旗ならば、敵の罠とは思わないだろう」

ナディルは事もなげに言った。

我が国の国旗は偽造《ぎぞう》しにくいものだ。加えて、護衛隊――――いわば親衛隊《しんえいたい》である部隊の持つ旗は少しだけ特殊だった。軍人なら一目でその旗を見分けるだろう。


甲板に立つその姿を見つけたとき、ナディルの横顔があからさまに安堵《あんど》したのがわかった。表情を見せないことを心がけているこいつにしては珍しいと思いつつも、相手が姫さんでは当然か、とも思う。

制服姿の軍人達の中に一人だけ華やかなガウン姿でいる様子は、そこに一輪だけこぼれ落ちた花のようだ。

（……お、姫さん気付いたか？）

口元に手をあて、その表情が驚愕《きょうがく》を形作る。そして、傍《かたわ》らのラナ・ハートレーにしきりに何かを訴《うった》えかけているようだった。

どこか微笑《ほほえ》ましさを感じさせるその様子を見ながら俺はナディルの方に視線を戻し、再び驚くことになった。

（…………ったく、何て表情してんだよ）

いたわりと慈しみ――そして、あふれんばかりの愛《いと》おしさに充《み》ちたその表情は、俺のよく知る男のものとは思えなかった。

（ほんと、姫さんがいると、あんた、別人のような顔ばっかりしてるよな）

タラップが用意され、船長が降りてくる。次いで、姫さんがきょろきょろと辺りを見回しながら歩を進めた。

姫さんの身長では俺達の位置がわかりにくいだろうと思って頭上で手を振る。

俺達の方に気付いた姫さんは、みるみるうちに表情を明るくし、勢いよくタラップを駆け下りてきた。

「ナディルさまっ」

おそらく初めて見るだろう王妃殿下の、どこか必死にも見える姿に港にいた人々はざっと道を譲った。

「……ルティア」

勢いよく飛び込んできたその華奢《きやしや》な身体を大切そうに抱き上げた男は、この上なく幸せそうな顔をしている。

（……これでひとまずは安心、安心）

ナディルの唯一の宝はその腕の中に戻った。あの様子では当分手離さないだろうし、しっかりと囲い込むだろう。

（姫さんが、このままおとなしく守られていてくれればいい）

再会を喜ぶ二人を見ながら、俺は生温《なまぬる》い笑みを浮かべる。

そして、姫さんの後を追ってきたラナ・ハートレーが俺と似たような表情をしているのに気付き、互いに笑いながら会釈《えしやく》を交わした。

国境では戦争をしているというのに、俺は、何となく幸せでどこか温かな気分になっていた。

第二十二章　あなたに会うための覚悟

意識がはっきりと醒《さ》めたとき、私がいたのはいつも使っているものほどではないけれど、充分《じゆうぶん》に豪奢《ごうしや》な寝台《しんだい》の中だった。

(ここは…………)

ゆっくりと起き上がりながら、周囲を見回す。

まったく覚えがない室内だけれど、不安な感じはまったくしない。

(ナディルさま……)

再会の記憶《きおく》はある。たぶん、近来稀《まれ》に見るハイテンションで、普段《ふだん》なら心に秘《ひ》めておくべき言葉を口にしてしまったような気がしないでもない。

(記憶がおぼろげなんですが……)

そっと胸の前で握《にぎ》った手をもう一方の手でぎゅっと包《つつ》む。

袖口《そでぐち》や胸元《むなもと》を飾《かざ》る繊細《せんさい》なレース……ガウンよりもだいぶ布が少なく、少し心許《こころもと》ない寝《ね》間着《まき》に身を包んでいることに気付いた。

（……寝間着ってことは、これ、着替えさせてもらったってことですね）

目を閉じて記憶を辿《たど》ってみる――――着替えた覚えどころか、ナディル様と再会して腕《うで》の中に飛び込んでからの記憶がほとんどない。嬉《うれ》しさのあまり記憶がとんでいると言えば聞こえはいいが、どうも安心のあまり強制終了《寝落ち》してしまったらしい。

（寝落ちって………）

幼い頃《ころ》は結構多かったものの、成長してそれなりに体力がついてきた最近ではほとんどなかった。

（……せっかく、ここ最近大人になったところを見せていたのに！　絶対、寝顔《ねがお》とか見られましたよね⁉）

誰《だれ》に？　ナディル様にである。……いや、そんなの今更《いまさら》なのでは？　と言われればそれまでなのはわかっています。

何しろ、幼い頃はナディル様の腕の中で気絶したり、寝落ちしたりなんてよくあることだった。それに、成人の儀式《ぎしき》である『花冠《かかん》の儀《ぎ》』も済ませ、基本的には同じ寝台で寝ているのだから寝顔なんてとっくに見られているだろうことは理解している。

（でも、やっぱり、それとこれとは別っていうか……私の中のなけなしの乙女心《おとめごころ》が騒《さわ》ぐんですよ‼）

別に寝穢《いぎたな》い方ではない。涎《よだれ》を垂らしてだらしない寝顔をさらしているようなこともないと思う。……でも、だからって無防備な顔を見られるのは恥《は》ずかしい。

私は頭から布団《ふとん》をかぶって、あれこれ考えを巡《めぐ》らす。

(布団の中に逃《に》げ込んだって、今更結果は変えようがないことはわかっています)

でも、どういう表情で何を言えば、寝落ちてしまった失態が取《と》り戻《もど》せるかがわからない。

(本当は、アル・バイゼルのことも聖堂でのこともしっかり報告して、公爵《こうしゃく》のことや公《こう》爵夫人《しゃくふじん》のこともちゃんと話したかったのに……)

それだけじゃない。

(……ちゃんと、謝《あやま》りたい)

再会できた興奮もあって全部すっぽ抜けてしまったけれど、そもそもの始まりからして平身低頭《へいしんていとう》せねばならない謝罪案件なのだ。

ナディル様の信頼《しんらい》を逆手《さかて》にとって王宮を出たことを。

(アル・バイゼルに行ったことは後悔《こうかい》していない。……私にできる最善を選んだって思っている。でも……ナディルさまの信頼を裏切ったことは、後悔している)

あの時に選べる最善を選んだつもりだ——だけど…………いつもここで同じ思考の繰り返しになる。

(…………本当に？)

本当に最善だったのだろうか？

自問自答を繰り返さずにはいられない。

（私が選べる最善だったとして、ナディルさまにはもっと良い最善が見えていたかもしれない）

でも、私はそれを尋ねることなく自分一人で決めてしまった。

今更ながらにナディル様がそれをどう考えたかが気にかかる。

いや、これまで心のどこかにひっかかりながらも、見ない振りをしてきたことに向き直らざるをえなくなっただけ、とも言える。

（怒《おこ》られるだろうか？　……それとも、呆《あき》れられてしまうだろうか？）

どちらも胸が痛む出来事だ。気持ちがどんよりと湿《しめ》っぽくなった。

布団の中の小さな暗闇《くらやみ》は、こういうときにひどく心地《ここち》よく、私はグルグルと考え込む。

こうして落ち込んでいられるのは今だけだ。この布団から出たら、情けない表情なんてできない。

どのくらいそうしていたのかはわからないけれど、しばらくして扉《とびら》が開く音がした。

誰かが入ってきた気配がする。

「…………王妃殿下《おうひでんか》、お目覚めでいらっしゃいますか？」

落ち着いた声で呼びかけられる。

「……リリア」

私はもぞもぞと布団の中から這《は》い出る。

「おはようございます」

「おはよう」

リリアは、いつも通りのお仕着せ姿で大きな水差しを抱《かか》えていた。

「そろそろお支度《したく》なさいませんと、朝のお時間を陛下《へいか》とご一緒《いっしょ》できなくなりますよ」

「それは困るわ」

「では、どうぞこちらへ」

促《うなが》されるように寝台から降りて、寝間着のまま化粧台《けしょうだい》の前に座《すわ》った。

化粧台の上に置かれた繊細《せんさい》な絵付けの美しい陶製《とうせい》の大きな洗面ボウルに、リリアは手にしていた水差しからなみなみと水を注《そそ》ぐ。

私はその水を使って顔を洗った。

ひんやりと冷たい水の感触《かんしょく》に肌《はだ》が冷やされ、落ち着きのなかった心がゆっくりと静まってゆく。

「朝のお茶の用意にはミレディが行っております」

これは、ちゃんと私のレシピで朝の軽食を用意しているという意味だ。

「ありがとう。……ねえリリア、ナディルさまとお会いしたのは私の夢ではありませんよね？」

朝の軽食に関しては何も心配がいらないとわかったら、途端に別のことが不安になった。

「まあ……王妃殿下、夢ではございませんとも。陛下は、帝国《ていこく》と開戦したため、王妃殿下をご心配なさってこのアルダラまでお迎《むか》えにいらっしゃったのですわ。そのことはすでに街中の者が知っております」

街中の人が知っているという状況が少し照れくさかったけれど、迎えに来てくださったことがすごくうれしい。

表情が緩んでしまいそうなのを隠すようにわざと険しい顔をして全く別なことをたずねた。

「戦況《せんきょう》はどうなのかしら？」

開戦しただろうことは予想していた。はっきりと確定できる情報が入ったわけではなかったけれど、他の選択肢《せんたくし》はなかったから。

「昨夜教えていただいた範囲《はんい》では、開戦こそし、競《せ》り合《あ》いを繰《く》り返《かえ》してはいるものの戦況は膠着《こうちゃく》状態と聞いております」

「…………そう」

「大丈夫《だいじょうぶ》です。アルフレート殿下は無謀《むぼう》な方ではありませんから」

「……わかっています。でも、不安になるのは仕方ないです」

戦場では何が起こるかわからないから。私には祈《いの》ることくらいしかできない。

アル殿下とアル殿下の率いる我《わ》が国《くに》の民《たみ》が無事であれと願いながらも、頭の片隅《かたすみ》では強い後悔の念が渦《うず》巻《ま》く。

(とうとう戦《いくさ》になってしまった………)

これは、私がレスタークの言葉にうなづいたために起こった戦争だ。

身体《からだ》が震《ふる》えそうになるのをこらえて、固く手を握りしめる。

「……ねえ、リリア」

声のトーンをわざとあげて話をかえた。

「はい」

「ナディルさまが私の迎《むか》えに来たことを皆《みな》が知っているということは、私が東方《とうほう》に赴《おもむ》いたことは公《おおやけ》になったのですね?」

「はい。公爵の拉致《らち》についてもすでに公式に発表がなされているそうです」

「公爵夫妻の拉致、ではなく?」

「残念ながら、公爵夫人につきましては何も」

リリアは首を横に振《ふ》る。

「公爵夫人がしたことについて、ナディルさまはもうご存じだと思う?」

「……ご存じではない、と考えるほうが無理があります」

「では……おそらくは、今回の一件の犯人の一人として処分されるから、現時点で公表されていないということですね」

「………たぶん」

いつもはっきりとした物言いを心がけているだろうリリアが、考えこむような表情で応じた。

「どうしてナディルさまがアルダラにいらっしゃったのか、リリアは知っている？」

「アル・バイゼルを発《た》つ際にシオン猊下《げいか》が、私どもがシュイラム船籍《せんせき》のエリュ・リフェーラ号を追うことを連絡《れんらく》していたそうで……それと、そのほかの情報を踏まえて判断した結果のようです。……私どもが到着《とうちゃく》する前から、陛下が王妃殿下を迎えにいらっしゃったことは噂《うわさ》になっていたそうですので、別に軍事行動の結果というわけではないと思います」

「陛下は、私を迎えに来ることを理由に王都を出られたの？」

「はい。……軍事演習という建前《たてまえ》ではありますが、王妃殿下のお出迎《でむか》えであることは皆が知っているようで、この館の使用人達にもいろいろ問われました」

リリアは何を思い出したのか、いつもよく見せる生温《なまぬる》い笑《え》みを浮《う》かべた。

「いろいろ？」

「ご夫婦仲《ふうふなか》だとか、あとは、王妃殿下と陛下が日常どんな風に過ごしておられるかとか、ですね」

「そんなこと………」

気恥《きは》ずかしさと余計なお世話です！　みたいな気持ちでどういう表情をしてよいかわからなくなる。でも、『国王夫妻の夫婦仲』というのはナディル様と私だけの純粋《じゅんすい》なプライベートに属するものではないということも今の私は知っている。

（でも、やっぱり、そういうのは余計なお世話だと思ってしまうんですけど！）

皆が――――私達の国の民が私達には仲良くあることを望んでいる。

もちろん、私とナディル様だってお互《たが》いを気遣《きづか》い、互いを尊重した良好な関係を心がけている。

（それは別に国のためとかそういうことではなくて……ただ、私がナディルさまを好きだから……）

ナディル様も同じ気持ちでいてくれていると思う。

――――私はちゃんと大切にされている自信がある。

だから少しくらい噂されても仕方がない、と思える心の余裕がある。

（ナディルさまのことだから、きっとそういう噂も利用している……）

たぶん、今回もそうだと思う。

（私のお迎えだからこそ、ナディルさまはすんなりと王都を出られたのだ……）

本当だったら、アルフレート殿下が前線にある現在、ナディル様までもが戦場に近い場所に出る行為は絶対に皆に反対される。

（でも、私のお迎えって言われたら、まず反対できませんよね）

私を――『東部の動乱を鎮《しず》める大任を果たした幼い王妃』を迎えに行くことを反対する理由はない。私が『鍵の姫』であることを知っている人達ならば尚更《なおさら》だ。

ということは、ナディル様としては、私の迎えにかこつけて動かした軍をどう使うかが主題かもしれない、なんて穿《うが》ったことを考える。

「……王妃殿下？」

「ああ……何でもないの。ナディルさまはこれからどうするのかしらって、ちょっと思っただけなの。ナディルさまにはどこまで報告してくれたのかしら？」

「バイゼラ大聖堂が置かれていた状態と公爵夫人の現在の処遇《しょぐう》までです」

「そう。……公爵のことは？」

「報告書はすでに提出済みで、詳細《しょうさい》は口頭《こうとう》でも報告いたしました。……私達が追っていたエリュ・リフェーラ号ですが、乗組員のほとんどはすでに捕縛《ほばく》されています。私達の艦《ふ》船《ね》が着いたときに港であった騒ぎは、エリュ・リフェーラ号の乗組員達が港湾《こうわん》警備隊に手《て》向《む》かいしたことが発端《ほったん》だったそうです」

艦長《かんちょう》達が私に教えてくれたとおり、彼《かれ》らの寄港地《きこうち》はこのアルダラだった。

そしてアルダラには私を迎えるためにナディル様がいた。

もちろん、ナディル様は一人ではなかったから、アルダラには海軍の港湾警備隊以外の軍人があふれていて、私達も状況がよくわからなかったほど。

そして、ナディル様がいたためにアルダラ港での臨検《りんけん》は下手《へた》をしたらディリウムでのそれより厳しいものとなった。

（たぶん、エリュ・リフェーラ号の乗組員達には計算外だったと思われます）

「……では、公爵は救出されたのですか？」

「いいえ。エリュ・リフェーラ号にはすでに公爵の姿はなかったとか……。現在、乗組員を取り調べ中ですが、どうやら数名の乗組員は騒ぎが起こる少し前に小舟《ボート》でエリュ・リフェーラ号を離《はな》れたようで、公爵もその人質《ひとじち》として連れて行かれたようです」

「……本当に？」

公爵がどういう形で人質になっていたのかわからない。

怪我をしていたのかもしれないし、拘束《こうそく》されていたのかもしれない。

「引きずられて小船に乗せられた公爵を見た者がいたそうです」

「…………そう」

自分が思いっきりしかめっ面《つら》をしていることはわかっていた。でも、ここまで追《お》い詰《つ》めていたのに逃《に》がしてしまったのは、あまりにも残念すぎた。

口惜《くや》しいと思うのだけれど、それよりも何かがひっかかる。

（公爵がおとなしく人質にされて連れて行かれた、というのがあまりしっくりこないんで

すよね）

だって、公爵は軍人なのだ。卓越《たくえつ》した剣《けん》の使い手というわけではなくても、抵抗《ていこう》くらいはしてもおかしくない。

それに………。

（……なぜ、逃《に》げ出さなかったのだろう？）

逃げるには絶好の機会だったと思う。

私には、公爵がおとなしく人質のままでいた理由がわからない。

（船の上でおとなしくしていたのはわかります。……だって逃《に》げ場《ば》がないですもの。でも、陸は見えていましたし、抵抗はできたはずです）

その時に抵抗して船に残っていれば……あるいは小舟に乗せられても、彼らが逃げ出すのを邪魔《じゃま》出来ていれば、人質から解放されていたのではないか？

（何が起こったのか正確にはわからなくても、自分を捕囚《ほしゅう》としていた敵が、陸にいた我が国の部隊に攻撃《こうげき》されていたことはわかったはずなのに）

それくらいの状況《じょうきょう》把握《はあく》ができないとは思えない。

（ルシエラ夫人がまだ人質だと思っていたから抵抗できなかった？）

ううん、それは違《ちが》う。抵抗しない理由にはならない。

彼女《かのじょ》がまだ人質である可能性が高かったとしても………いや、人質だったのならばなおのこと、公爵は自分の自由を取り戻さなければならなかった。

(だって……公爵しか、ルシエラ夫人を助けられる人はいない)

公爵は己《おのれ》が自由を失った時点で、事はもうエルゼヴェルト公爵家の中のこととして自分の一存では片付けることができない大事になってしまったことを理解しただろう。

王家が介入《かいにゅう》する——むしろ、王家が指揮《しき》を執《と》ることが確定的だった。

だって、推定後継人《こうけいにん》たる私は王妃なのだから。

もちろん、私が直接指揮を執ることは考えていなかっただろう。

(私、わりとお飾《かざ》りですもんね)

実質指揮を執るのが誰であれ、そうなったとき、人質であるルシエラ夫人を王家は考慮《こうりょ》しないだろうことも即座《そくざ》に理解したに違いない。

(現況《げんきょう》、公爵夫人について何も発表されていないのがその証《あかし》です)

公爵がルシエラ夫人の状況をどこまで理解していたかはわからない。わからないけれど、ルシエラ夫人が自分が捕《と》らわれる原因の一端《いったん》ないし元凶《げんきょう》であることには気付いただろう。

もしかしたら、犯人一味に陥《おとしい》れられたか、利用されたであろうことも。

(だとしたら、絶対に危機感を覚えたはずなんです)

ルシエラ夫人が切り捨てられること……あるいは、公爵の誘拐《ゆうかい》事件の犯人に仕立て上げられること……それは容易《ようい》に想像がついただろう。

元々、王家はルシエラ夫人を認めていない。彼女を守れるのは己だけであることはわかっていたはずだ。

(なのに、どうして?)

共に人質とならなかった時点で、公爵は逃げ出す隙《すき》をうかがったはずだ。引《ひ》き離《はな》された時点で、公爵が逃げ出したとしても、そのままルシエラ夫人の生死には直結しないのだから。

(むしろ、公爵が逃げ出した方がルシエラ夫人には人質としての価値が生まれる)

たぶん犯人達も、ルシエラ夫人は人質としての価値が低いことを承知していたのだと思う。

(だからこそ、一緒に連れていかなかった……。もしかしたら、公爵はいっそ自身の手で黒幕《くろまく》を暴こうとしてあえて逃げずに同行したのかもしれない?)

自分を拉致した本当の犯人が誰なのかを知るために虎穴《こけつ》に飛び込んだ?

これから自分を使ってダーディニアを揺《ゆ》さぶろうとしているのが誰で、その真《しん》の目的を知るためにあえて逃げなかったとか?

(……でも、公爵ってそういうことをする方なのかしら?)

残念ながら、それがわかるほど私は公爵のことを知らない。

父であることは知っていても、ただそれだけ。

本音で話したことはないし、筆頭《ひっとう》公爵と王妃としての儀礼《ぎれい》を超えたものは何もない。

（……あの人は無遠慮《ぶえんりょ》にそれを踏み越えようとしていたけれど）

好悪《こうお》について言うのならば、私は好ましいとは思っていなかった。

できれば離れたところで関わらずにいたかった――お互いの立場がそれをゆるさなかったから、表面上のお付き合いだけは続けていたわけだけど。

考えこんで無言になってしまった私に略正装《りゃくせいそう》のガウンを着せ、髪《かみ》を結《ゆ》い、うっすらと化粧を施《ほどこ》してくれるリリアの手つきはとても優《やさ》しい。

本来ならば数人の侍女《じじょ》や女官《にょかん》の手が必要なのだけれど、リリア達は少ない人数でずっと王太子妃宮《おうたいしひぐう》の仕事を回してきたせいで、手際《てぎわ》がとても良い。

「公爵を連れた犯人は、陸路でシュイラムを目指しているのかしら？」

最後の仕上げにと、まぶたにほんのりきらきらと輝《かがや》く紅雲母《べにうんも》の粉をひかれ、唇《くちびる》に淡《あわ》い色の紅をのせられる。

「おそらくは。……このあたりは潮流《ちょうりゅう》が激しいそうで、非常用の小舟ではずっと海を行くのは難しいそうです。なので、すぐに陸にあがって、陸路……目立たぬように山を越えてシュイラムに向かうのではないか、と。周辺の街道はすぐに手配がかかったそうですけれど、この辺りは間道も多くて未《いま》だ見つかっていないとのことです」

（……そうですよね。ここまでわかっていて、ナディルさまが手を打っていないはずがな

いですよね）

うん。知ってた。私が口惜しく思う必要なんてなかった。

ナディル様は先を見据《みす》えて動いてくれている。ナディル様に限ってその手配にミスがあるはずがなかった。

もし、これで捕らえることができないのだとしたら、それは誰がやってもできないに違いない。

「王妃殿下、ちょっとひんやりするかもしれませんが、首元に失礼します」

明るい若草色のガウンに合わせたエメラルドの首飾《くびかざ》りと耳飾《みみかざ》りをつけると、その冷たさに少しだけ身体が震えた。

朝の席で身につけるアクセサリーだから宝石自体の大きさはそれほどでもないけれど、どちらも精巧《せいこう》な細工で、エメラルドのその色合いが素晴らしかった。

「おきれいですわ」

リリアに褒められ、鏡の中の己に向かって私はにっこりと笑む。

別にナルシストというわけではない。ただ、自分がちゃんと笑えているのかを確認《かくにん》しているだけ。うまく笑えないときは、具合があまりよくない時だ。

「…………王妃殿下は、公爵夫人の助命《じょめい》をお願いなさるおつもりですか？」

少しだけためらってからリリアが口を開いた。

「……ええ」
私はうなづく。
「陛下に全部お任せするのではいけませんか？」
リリアの声音《こわね》は優しい。心底、私のことを考えて忠告してくれていることはわかってい
る。
(全部お任せしてしまえば、きっと何も心配いらない…………ナディルさまは公正な方だ
から)
ナディル様が誠実で、誰よりも頼《たよ》りになる方であることを私は知っている。
――そして、哀《かな》しいことだけど、純粋に正しく裁《さば》くのであれば、ルシエラ夫人は生
きることを赦《ゆる》されない。
知らないこととはいえ、彼女はそれだけの罪《つみ》を犯《おか》した。
(でも、それは彼女だけの責任ではなくて……)
だから、私は彼女の減刑《げんけい》を願った。その命を助けたいと思った。
(生きて………そして、いつかちゃんと知ってほしいと思ってしまった)
「……私も迷ってはいるの。お任せして、目を逸《そ》らしてしまえばたぶん私は楽になれる。
だって、ナディルさまは夫人に対して思うところはあれど、決して理不尽《りふじん》な罪を負《お》わせた
りはしないから……でも、それではダメなんじゃないかって思う気持ちがあって…………」

「何がダメなのですか？」

リリアの表情は心底不思議そうだ。

「このままナディルさまにお任せして……たぶん、ルシエラ夫人は裁判の後、死を賜《たまわ》ることになると思う」

過程はどうあれ、予測される結果は変わらない。

「はい。……誰が裁いたとしても、死刑《しけい》は免《まぬが》れないと思います。あとは、貴族として毒杯《どくはい》を賜ることができるか、それとも、庶民《しょみん》として刑死《けいし》することになるのか……ですね。王妃殿下の口添《くちぞ》えがあれば、毒杯を賜ることは可能だと思います」

「…………リリア」

私の望みはそうじゃないんです。わかっているくせに、リリアはそんなことを言う。

「王妃殿下の御心《おこころ》はわかります。でも、それはとても困難なことです。私は王妃殿下が、夫人への憐憫《れんびん》や同情だけで言っているわけではないこともわかっておりますが、陛下を説得することはできないと思うのです」

「……『私』がお願いしても無理かしら？」

リリアの表情がやや翳《かげ》った。言いにくいことであっても、リリアはちゃんと私に告げてくれる。

「陛下の王妃殿下へのご寵愛《ちょうあい》は目に余るほどですが、残念ながら、陛下はそれとこれとを混同する御方《おかた》ではありません……それは王妃殿下が一番良くご存じかと」

「ええ」

その通りだ。

私は深いため息をついて再度口を開く。

「……本当はね、わかっているの。ナディルさまが……ううん、陛下が、私の懇願《こんがん》やおねナディルさまが……ううん、陛下が、私の懇願《こんがん》やおねだり……ましてや、泣き落としなんかでは動かないってことは」

最初は、私がたてた功績で減刑してもらうことを考えていた——足りない分は、泣き落としをしてでも！　と思っていた。それは嘘《うそ》じゃない。

嘘じゃないけれど……でも、それと同時に無理だろうとも思っていた。

（そんなことで、ナディルさまは頷《うなず》かない）

公には、東部の騒乱《そうらん》を拡大することなく防いだことを褒《ほ》めてもらえるだろう。もしかしたら、華々《はなばな》しく称《たた》えられるようなことがあるかもしれない。

（でも、本当はそれは功績でも何でもない）

それは私の——エルゼヴェルト公爵家の推定相続人である私の、義務でしかない。

東部を平らかに治めてこそのエルゼヴェルトであり、筆頭公爵家である。今回の騒乱の原因を考えれば、元凶《げんきょう》であるとして咎《とが》められてもおかしくない。

動乱に至ることなく治めることができたのは私の功績でも何でもないのに、あえて功績と言うのは、現在我が国が戦時下にあることから意識を逸《そ》らすためだし、後手に回りあわや内乱の危機であったことに気付かせないためでもある。

（それは決して、私が真に称賛に値《あたい》するだろう功績をあげたからというわけではないし、そもそもが私、ナディルさまを半分騙《だま》すようにして王宮を出ていますから……）

最初から、褒められるような振《ふ》る舞《ま》いをしていない。

「わかっているのに、お願いするのですか？」

「ええ」

「なぜでしょうか？　陛下が納得《なっとく》するような何かがあるのですか？」

「もしかしたら、の可能性に賭《か》けたいの」

心の奥底《おくそこ》に淀《よど》んだものがある。ドロリとした決して一言では言い表せない感情の塊《かたまり》が。

（それはずっと消えないんです）

ルシエラ夫人の罪を知り、過去の一端《いったん》を知り――同情と憐憫《れんびん》を覚えた。せめて、命を救いたいと思いながらも、彼女に対するやりきれない感情がなくなったわけではない。

だから、時々、心のどこかで諦《あきら》めてしまえばいいと囁《ささや》く声がしている。

私はその声を聞かないようにして、ルシエラ夫人を助けることを考える。

（もしかしたら、私がこんなにもルシエラ夫人の命を救いたいと思うのは、このどうしようもない感情から目を逸らしたいからなのかもしれない……）

与《あた》えられる偽《いつわ》りの功績で失われるはずの誰かの命を助けられるのだとしたら、この私の心の底によどんでいる罪悪感も消えるかもしれない。

（そんなことを考える自分が、少し嫌《きら》いです）

一生懸命頑張《いっしょうけんめいがんば》っている間はいい。何度も何度も頭の中でシミュレーションしたり、いろいろな方法を考えながら、少しでも良い方法を……最善の道を選ぶために必死になって前を向いていられるから。

（でも……今は違う）

ナディル様がいて、ここは安心できる場所なのだとわかっている。

だから、つい考えてしまうのだ――目を背《そむ》けていたことや、考えないようにしていたこと、そして、これからの私がしなければいけないことを。

「陛下の王妃殿下への心証《しんしょう》が悪くなると申し上げても、お願いなさるおつもりですか？」

「……ええ」

「それがご夫婦仲にヒビをいれるようなことになってもですか？」

「……そんなことにはならないと思うわ。だって、リリアだってわかっているでしょう？　ナディルさまはそのあたりを混同する方ではないもの。でも……もし、それでヒビが入ってしまうのだったら、その程度の関係しか築けていなかったのだと思う」

私が考えているようなことは、ナディル様にしてみれば何も知らない小娘《こむすめ》の戯言《たわごと》のように聞こえるかもしれない。

でも、ちゃんと伝えたいと思う。

(――――だって、私達は夫婦なのだから)

私の決意が変わらないのを見て、リリアは仕方がありませんねと小さなため息をついた。

その表情は、少しだけ笑っているように見えた。


ノレア卿《きょう》の先導に従って、リリアと共に古めかしい匂《にお》いのある館の長い廊下《ろうか》を歩く。

「ここは何の建物なのかしら?」

誰かのお屋敷《やしき》というにはあまりにも人気《ひとけ》がなさすぎる。

「アルダラの迎賓館《げいひんかん》です。役人などが公用で使う施設《しせつ》で、港町や大きな都市にはだいたいありますね。……現在は、陛下が貸し切りになさっておられるそうです」

「そう」

久しぶりに共に朝の時間を過ごすのだから、と、リリアは旅先とは思えないくらいしっかりと身支度《みじたく》を整えてくれた。

(もしかしたらこのガウン、仕立て下ろしかも……)

これまで袖《そで》を通した覚えがないガウンのような気がする。

（っていうことは、ナディルさまの贈《おく》り物《もの》の可能性が高い）

私を迎えに来るにあたって、着替えなどの不自由しそうなものを持参して来てくれたのだろう。

（ほんと、気づかいが細やかなんですよね……）

いろいろなことに気が回るのがすごいと思う。

「……一緒に来た他の皆はどうしていて？」

アングローズ艦長《かんちょう》達は船にいると思うけれど、レーヌやオストレイ卿がどうしているのかが気になる。

「オストレイ卿率いる東方師団の一隊は、この館の警備にあたっています。レーヌ様には王妃殿下の臨時の女官という待遇《たいぐう》でいろいろお手伝いいただいておりまして、今は連絡係としてフィノス卿と共に港へ行っていただいております」

「そう」

ほどよく歩いた後、ノレア卿が両開きの扉の前で立ち止まった。

コンコンと二度ノックをする。

「失礼いたします」

室内から「入れ」という声がした。

（……ナディルさまの、声）

久しぶりにゆっくりとお会いできるのだ、と思ったらごく自然に笑みが浮かんだ。
それからさっきまでのちょっと憂鬱《ゆううつ》な気持ちがすっかりと消え失《う》せる。
（…………不思議だ）
ただナディル様がそこにいると考えただけで、心臓の音が少しピッチを上げていた。

第二十三章　私の幸せ　あなたの幸せ

「おはようございます、ナディルさま」

「おはよう、ルティア」

扉《とびら》の前で待っていてくれたナディル様と挨拶《あいさつ》を交《か》わす。

それから、差し出されたナディル様の手にそっと自分の手を重ねた。ナディル様は素手《すで》で、私の手はレースの短い手袋《てぶくろ》に覆《おお》われている。

（こんな感じだったかしら……）

何だか新鮮な気持ちになりながらも、全然大きさの違《ちが》う手に安心感を覚えた。

見上げて、視線が重なる。

（本物のナディルさまだ）

別に偽者《にせもの》に会ったことがあるとかじゃなくて、これは夢ではないのだと思ったら、また自然に笑《え》みがこぼれた。

ナディル様の瞳《ひとみ》が軽く見開かれ、それから一瞬《いっしゅん》だけ柔《やわ》らかく笑む――ただそれだけで、私は胸がいっぱいになってしまった。

何だか気恥《きは》ずかしくてテーブルの方に視線をやると、そこにはすでにシオン様がいて、笑って手を振《ふ》ってくれた。

リリア達がよくするのと似ている生温かい笑みを浮《う》かべている。

ナディル様はごく自然に私の背に手をやり、席へと導いた。

(……シオンさまがいらっしゃるということは、もうお話が通っているということですね)

引かれた椅子《いす》に座《すわ》りながら、シオン様がここにいる意味を考える。

私が説明するまでもなく、アル・バイゼルでのことはナディル様に伝わっているのだろう。

「おはようございます、義姉上《あねうえ》」

「おはようございます、シオンさま」

「すみません、二人きりの朝を邪魔《じゃま》してしまって」

「いいえ。めったにご一緒《いっしょ》できないのですからお気になさらないで」

「そう言ってもらえると嬉《うれ》しいです」

(何から話せばいいのだろう?)

それほど長く離《はな》れていたわけではないはずなのに、いつもはどうしていたのかが思い出せなくなっている。もしかしたら、久しぶりだから緊張《きんちょう》しているのかもしれない。

「失礼いたします」

だから、話を始めるきっかけを窺《うかが》っているタイミングで、ミレディがワゴンを押《お》してやってきた時、少しだけほっとした。

「あまり手の込《こ》んだものは作れませんでしたが、新鮮《しんせん》な魚介《ぎょかい》がありましたので具だくさんの海鮮《かいせん》スープと小海老《こえび》たっぷりの野菜サンドウィッチにしました。どうぞお召《め》し上《あ》がりくださいませ」

「おー、すごい」

シオン様が歓声《かんせい》をあげる。

わかりにくかったけれど、ナディル様の表情もやや明るくて、嬉しそうなことはわかった。

それぞれの前にバゲットサンドの皿とスープボウルが並べられる。

真ん中に置かれた大皿には焼き菓子《がし》が盛られていた。

(まずは、腹ごしらえですね)

胸がいっぱいで何だかおなかが減っているという気もあんまりしなかったのだけど、食べられる時に食べておかなければならない。

「このサンドウィッチのソースが最高ですね」

シオン様は聖堂の高位聖職者《せいしょくしゃ》だなんて思えないような大口を開けてそのままバゲット

サンドにかじりついた。確かに海老にマヨネーズ系のソースは最高に合う。

（これにアボカドがあったら最高なんだけど、残念ながら見つかってないんですよね）

この世界はかなり食材が豊富だ。食べたいと思うすべてが存在しているわけではないけれど、チョコレートがないことをのぞけばそれほど不満を感じたことはない。

あちらでは見たことがないような食材もあるので、私は、ナディル様が下さった私の厨房《ちゅうぼう》に立つたびに新しい発見をしている。

「これも、義姉上のレシピなんですか？」

「はい」

シオン様の問いにミレディがにこやかにうなづく。

「海老だけじゃなくて、平貝《たいらがい》とかもこういう風に食べられそうですね」

「そうだな。……肉よりさっぱりしている」

同じようにかじりついているはずなのに、ナディル様だと頬《ほお》張《ば》っている感がなくて上品だ。

ダーディニアの常識だと、手で食べるというのはあまり推奨《すいしょう》されない。

でも、こういうサンドウィッチ類やピザ的なものは、手で食べてもマナー違反《いはん》とはされない。

（このあたりのマナーは、最近できたというか、最近そうなったというか……ようは、私

がそうしたんですよね、たぶん）

私は手袋を脱《ぬ》いでテーブルに置き、添《そ》えられたお手拭《てふ》きで手を拭《ぬぐ》ってから自分の分のバゲットサンドを手に取る。

サンドウィッチ的なものがこの世界にもなかったわけではないけれど、これまでは私達が口にするような料理ではなかった。

食事をする時はあまり手を使わないのがマナーだから、手を使わなければならないような料理は貴族に相応《ふさわ》しからぬメニューとして排除《はいじょ》されていたのだ。

もちろん、パンを食べる時は手に取るから例外はある。

以前は、パンを食べる時であっても手袋をはずさない人がいたり、あるいは肉や魚を食べる時と同様にナイフで切り分けたものをフォークで口に運ぶなどして、徹底《てってい》して手を使わない人がいたりした。

でも、私がナディル様に軽食としてバゲットサンドを提供したり、あるいは私のサロンで親しい人達に振る舞《ふま》ったりするようになってから、だんだんと王侯《おうこう》貴族の間にも広まり、それに伴《ともな》って私達のしていることが新しいマナーになった——すなわち、手を使って食べるものにはその都度《つど》、お手拭きあるいはフィンガーボウルを添えるというマナーができたのだ。

（私が言うのも何ですけど、身分制度っていろいろ面倒《めんどう》くさいですよね）

身分制度の頂点である国王夫妻が行っていることなので、それが『正しい』という論理で、こういった新しい常識が作られている。

（そういうことを考えると、ほんと、私は慎重《しんちょう》にならなければいけなくて……）

常日頃《つねひごろ》、決して忘れないように心に刻んではいても、自分ではどうしようもないこともたくさんある。

知らないうちに忖度《そんたく》されていることに気付いてぞっとしたことも、一度や二度ではない。

（いつだって思っているんです。『私のしていることは本当に正しいのか』って……）

私は特別優《すぐ》れた人間ではない。

それまでの記憶《きおく》と引《ひ》き換《か》えに、今の私《アルティリエ》になる以前の記憶を取《と》り戻《もど》した。それがおそらく、今より先取りした未来の世界の記憶だったから、ほんの少しだけ知っていることが多い。

（とっくに成人した女性の記憶《和泉麻耶》だったおかげで、普通《ふつう》だったらパニックになりそうなのにそれなりに取《と》り繕《つくろ》うことができたのは幸運だった）

でも、ただそれだけなのだ。

頭脳が優《すぐ》れているわけでもなければ、特別な才能を持っているわけでもない。

知っていることが多少多かったとしても、それを知っているのが特別な能力の無い私である時点で、たいしたアドバンテージにはなっていないし、たぶん活用しきれていないとも思う。

（きっとナディルさまだったら活用できるのでしょうけれど……）

ナディル様に伝えようと思ったことは何度かある。

例えば、王都の地下に眠《ねむ》るあの都市を見た時。

あるいは、戴冠式《たいかんしき》の夜にあの青一色の花園《はなぞの》を見た時。

私の知っていることは、この世界にとってはものすごく『特別』なものなのかもしれないと思ったのだ。

でも、何をどう伝えていいかわからなかった。

（そもそも、大前提《だいぜんてい》として私が日本という国で生きていた和泉麻耶《いずみまや》という女性の記憶があるということを信じてもらわなければなりませんし……）

そう考えたら、このままでいいと思えた。

ここにいる今の私が、『私』なのだと。

（なのに、迷いはいつも消えないんですよね………）

今だって、これからしようとしていることが本当に正しいのか自問自答している。

そしてたぶん、絶対の正解なんてものは存在しないのだ。

「……ルティア？」

「はい？」

「いや、手が止まっていたようだが……」

ナディル様がわずかに首を傾《かし》げている。

「すみません。……何ヶ月も経《た》ったというわけでもないのに、ナディルさまとご一緒するのが久しぶりのような気がして……そうしたら、途端《とたん》に違和感《いわかん》のような不思議な感じがするようになってしまって……」

実際に会っていなかったのはほんの二週間程度だけれど、もう随分と長い間会っていなかったような気がした。

「……いや、私も何だかずっと会っていなかったような気がして戸惑《とまど》っている」

「変ですね。同じ王宮にいて、同じ寝台《しんだい》を使っていても、一週間顔を合わせないことだって普通にあるのに……」

「距離《きょり》が離れていたせいだろうか？」

「どうなのでしょう？」

私はよくわからなくて首を傾げた。ナディル様も私と同じように首を傾げる。

個人的なことを言うのならば、お揃《そろ》いというか、私達、同じ気持ちだったんだなぁとちょっと嬉しく思っている。

「……あー、お二人とも、見つめ合うのは後にして、まずは朝食をいただきましょう」

「あ、はい」

「そうだな」

シオン様のおっしゃることはもっともだった。

バゲットの香《こう》ばしい匂《にお》いが消えてしまう前にいただこうと思う。

私の分にはリリアが、切れ目を多く入れてくれているので、かぶりつかなければならないバゲットサンドも比較的《ひかくてき》上品に口に運ぶことができる。

(……あ、おいしい)

まず、パンが素晴《すば》らしい。焼きたてのこんがりぱりっと焼けた皮がおいしいのはもちろんのこと、中のもっちり弾力《だんりょく》のある食感がすごく好みだ。

(これ、パンだけでトーストしても絶対においしいです!)

たっぷりとバターを塗《ぬ》ったところに、ぱりぱりのレタスが敷《し》いてある。そこに分厚く切ったチーズを重ね、ボイルしただけのぷりっぷりの小海老を並べ、こぼれんばかりのマヨネーズベースのソースがたっぷりと盛られている。

これ、ソースと言っているけど、ようはタルタルソースのようなぽってりとしたものだ。細かく刻んだタマネギとセロリがたっぷりと入っている。

海老に限らず魚介をサンドウィッチにするのって、どんなに新鮮でも独特の臭《にお》いというか、生臭《なまぐさ》さが気になるけれど、このタマネギとセロリのおかげでそれが消えるのだ。

(これ、仕上げに黒胡椒《くろこしょう》を振ったら、もっとナディルさまのお好きな味になりそう)

次にこの組み合わせを試《ため》すときはそうしよう。

「ミレディ、とってもおいしいわ。ソースにいれたセロリの分量が絶妙です」

セロリ臭《くさ》くなく、かつ、海老の味をひきたてる最適の分量を見極《みきわ》めるのは難しい。

「ありがとうございます」

ミレディが嬉しそうに笑う。

「このスープも美味《おい》しいですね。肉をいれたものと全然違う味わいですが、味だけなら魚介類のスープの方が好きかもしれないと思いました。義姉上の女官《にょかん》でなければ聖堂にお出《い》でいただけないか熱烈勧誘《ねつれつかんゆう》するところです」

食《く》いしん坊《ぼう》のシオン様の目が輝《かがや》いている。

「ミレディの腕《うで》を気に入っていただけて嬉しいですが、私の女官はあげません」

「わかっています。聖堂も悪い職場ではありませんが、信仰《しんこう》の場なので制約が多い。王宮女官を務めるような方には、いろいろともの足りないですからね」

シオン様が軽く肩《かた》を竦《すく》める。

私は海鮮のスープを口に運んだ。

(貝の出汁《だし》がすごいです。さすが港町、素材がいいと違いますね)

白濁《はくだく》したスープの味付けは、白ワインと塩、それから、たぶんすりおろした生姜《しょうが》が少し入っている。具は、アサリに輪切りのイカ、青魚のつみれ、小さなホタテ、と盛りだくさんでなかなか食べ応《ごた》えがあった。

ナディル様は海鮮スープの味わいを気に入ったのか、しきりに銀のスプーンを口に運んでいる。

「……王宮ではちゃんとお食事をなさっていましたか？」

そんなことを尋《たず》ねるのにも、少し勇気がいった。

「…………もちろんだ」

「間があったように思うのですけれど……」

「……多少は不摂生《ふせっせい》をした自覚がある」

「多少ならば良かったです。……ナディルさまの料理人達はもう充分《じゅうぶん》な技術がありますし、さほど不自由はなかったと思いますがいかがでした？」

私がいなくても問題はなかったと思う。

だって、いつも私の希望を最大限に叶え、正宮《せいぐう》の総料理長であるリドリーの厳しい要求にも負けない素晴らしい料理人揃いなのだ。

「……不味《まず》くはない。だが……」

「だが？」

「……いや、何でもない」

ナディル様は軽く首を横に振った。

(不味くはない、か。戻《もど》ったら、何を出したのか確認《かくにん》しよう)

ナディル様の料理人達は、もう私の指示がなくても問題なくメニューを組み立てられるし、作れるようにもなっているので不都合はなかったはずだ。でも、「不味くはない」という答えは、ナディル様の点数が辛《から》いことを考慮《こうりょ》したとしても、不満があるということだ。

「兄上は、義姉上がいなかったから、味がわからなかったんじゃないんですか?」

シオン様がのほほんとした表情でそんなことを言う。

「はい?」

私は、思わず聞き返してしまった。

「……味がわからなかったわけではない。ただ、味が違っているわけではないのに、美味《おい》しいと感じられなかっただけだ」

ナディル様は、淡々《たんたん》とした声音《こわね》で言う。

「そりゃあ、そうですよね。……一緒に食べる美味しさに比べたら、一人での食卓《しょくたく》なんて味気ないですよ。私も聖堂の食堂で皆《みな》と食べることに慣れてしまったので、一人で食事をしなければいけない時は、美味しいと感じられなくなりました」

「………そういうものか?」

「そういうものです。兄上のそれは、義姉上がいなかったからですよ、絶対」

「え？」

私をよそに二人の話は続く。

「そうか」

ナディル様は納得《なっとく》したように何度かうなづいた。

「そうです」

ダメ押《お》しのようにシオン様はうなづいて、それから付け加えた。

「義姉上は私達とずっと一緒でしたけど、いつも兄上がちゃんと食べているか心配されていましたよ」

なんで、今ここでそんなこと言うんですか……いや、本当のことですけど。

照れくさいというか恥《は》ずかしいというか……私は顔が熱くなってしまって俯《うつむ》いた。

（…………？）

視線を感じたような気がして、おずおずと顔を上げる。

驚《おどろ》いたような、あるいは戸惑ったような表情のナディル様と見つめ合う。

（……あ）

ナディル様が私の方に手を伸《の》ばそうとしたように思えた。

「……そういえば兄上、義姉上のお迎《むか》えにいらしたということでしたが、このまま王宮にお戻りに？」

でも、シオン様の言葉に、もちあげた手は不自然な軌道《きどう》を描いてティーカップをとった。

（……自意識過剰《かじよう》だったかしら？）

「いや……」

「お迎えに来てくださってありがとうございます、ナディルさま」

「……ああ」

ナディル様の表情がやや翳《かげ》ったような気がした。

（……どうしたんだろう？）

「そういえば、どうして私がアルダラを目指したことがわかったのですか？」

「わかったというより、知り得た範囲《はんい》の情報とその状況《じようきよう》から考えて、その中での最善を選んだ――君ならアングローズの言葉を聞き入れて正しい道を選べるだろうと思っていた」

「……ありがとうございます」

ナディル様が私を信じてくれたことが嬉しかった。

だから、そっと頭を下げながら、今にも口からこぼれてしまいそうな後悔《こうかい》を噛《か》みしめる。

（ナディルさまにあの時のことを謝《あやま》りたい……）

言いつけを破ったこと――その信頼《しんらい》を裏切ってしまったことを。

でも、シオン様がいる場所で口にできることではない。

（きっと二人きりだとどんな風に話していいかわからなくなっていたと思うのに、今はシオンさまを邪魔《じゃま》だと思ってしまいます……申し訳ないんですけど）

でも本当は私の方が邪魔なんですよね。

（いや、偽装《ぎそう》できているからいいのかも）

私が居ることで、ここは極秘《ごくひ》の語らいの場とは思われていない。

「護衛が少なすぎるのでは？」

シオン様が、二つ目のサンドウィッチにかぶりつきながら問う。

「途中《とちゅう》までは一軍を率《ひき》いてきたが、リーフィッド領に向かわせた」

「……大軍を送ってもあまり意味がないですよね？　あのあたり」

「そうだな。……長引くようであれば前線の兵との入《い》れ替《か》えを考えるところだが、アルが率いている部隊だけでも足りている。当面、あれらの役割はシュイラムおよびイシュトラへの牽制《けんせい》だ。この隙《すき》に漁夫《ぎょふ》の利《り》を得ようとするハイエナがいてもおかしくない」

「……確かに」

ナディル様とシオン様は、リーフィッド領のことだけではなく、さまざまな話をしている。

（久しぶりに会った兄弟《きょうだい》の和《なご》やかな語らい……に見せかけた情報交換《こうかん》ですね、これ）

私の目の前で交わされているこれは、たぶん国家機密レベルの情報なのだと思う。

前線の様子、それに対する補給の手配、周辺住民のこと、避難民《ひなんみん》に対する聖堂の支援《しえん》のこと――――私は口を挟《はさ》まずにただそれを静かに聞いている。

二人の話が一段落したところで、私はリリアに合図して二人のお茶をとりかえてもらった。私がナディル様のためにブレンドしたモーニング・ティーだ。

テーブルの上の軽食はすでに下げられていて、目の前の皿には小さな焼き菓子やドライフルーツが盛られている。

「……お伺《うかが》いしてもよろしいでしょうか？」

私はタイミングを見て口を開く。

「ああ」

「エルゼヴェルト公爵《こうしゃく》の行方《ゆくえ》はどうなっているのでしょうか？」

「エリュ・リフェーラ号のものと思われる小舟《ボート》が海岸沿いに残されていた。港から少し離れた場所から上陸した痕跡《こんせき》がある。私が連れてきた兵の半数に追わせているところだ」

「そう、ですか……」

（公爵は何を考えているのだろう？　それとも、本気で人質《ひとじち》になっているのかしら？　けがとかしていて動けないとか？）

それならまだ理解できる。でも、そうじゃないとしたら……。

（最愛の夫人を見捨てて、それでもしなければいけないことがあるのだろうか？）

「案ずるな。陸路であれば地の利はこちらにある」

「……はい」

「聖堂の方でも調べは進めています。何かわかりましたら連絡《れんらく》させていただきますので」

「頼《たの》む」

シオン様は船の上でげっそりしていたのが嘘《うそ》のように活《い》き活《い》きとしている。

「お話し中申し訳ございません、猊下《げいか》」

リリアが恭《うやうや》しく頭を下げる。

「何でしょうか？」

「スローリア大聖堂の早馬からです」

リリアが銀のトレーに載せた筒《つつ》を差し出す。

シオン様は封印紙を破るとポンとその筒の蓋《ふた》を開け、中に入っている丸まった紙を広げた。

「……兄上、どうやら、シュイラムが参戦するようです」

どうぞ、というようにシオン様はナディル様にその書面を手渡《てわた》した。

「シュイラムが？」

「はい。……詳細《しょうさい》を知るために、私はスローリア大聖堂の祈《いの》りの間《ま》に籠《こ》もるつもりです」

「何かわかったら教えてくれ」

「はい」

シオン様は慌《あわ》ただしく立ち上がる。

「それでは義姉上、次は王宮で」

「……はい」

足早に出て行く後ろ姿をぼんやりと見送りながら、私は口元を引き結んだ。

★★★

シオン様の気配が遠ざかり、完全に二人きりになったところで、私は深呼吸を一つしてから座り直す。

ナディル様はリリアに新しいお茶を申しつけた。

まだ、一緒に過ごせる時間があるらしいとわかってほっとする。

(今なら言えるかしら……?)

今なら、リリアもミレディも席を外しているから、本当に二人きりだった。

「あの……ナディルさま」

(がんばれ、私!)

ただそう呼びかけるだけで勇気が必要だった。

「何か？」

「あの……申し訳ございませんでした」

私は深々と頭を下げる。

「何の話だ？　ルティアに謝られるようなことはなかったと思うが……」

「家出のことです」

「……ああ」

「ナディルさまの言いつけを破って抜《ぬ》け出《だ》したこと、反省しています。本当に申し訳ございませんでした」

私はもう一度、深く頭を下げた。

「……気にする必要はない。あの時はあれが最善だったことは私にもわかっている」

ナディル様の声音には怒りも苛立《いらだ》ちもなく、むしろ私への気遣いを感じさせるような響きすらある。

（…………あれ？）

何だか拍子《ひょうし》抜《ぬ》けした気分だった。

「……はい」

身構えていたのがバカバカしいくらいにあっさり終わってしまった。

「むしろ、君が東部の騒乱《そうらん》を収めてくれたことを称賛《しょうさん》しなければいけない。……よくやってくれた」

（ああ……そうなんだ）

「……ありがとうございます」

私はもう一度頭を下げる。

（もしかしたら、ナディルさまにとっては、私の家出も計算のうちだったのかしら……）

だから、謝罪には及《およ》ばないということなんだろうか？

「それよりも、この後のことだが……」

「はい」

すべてがナディル様の計算のうちだったとするならば、私が罪悪感《ざいあくかん》を抱《いだ》く必要はないんだろうか？

（……そんなわけない）

たとえそれが計算されたことであったとしても、信頼を裏切るような真似《まね》をしたことは事実で、後悔の棘《とげ》は今も刺《さ》さったままジクジクと痛み続けている。

「ルティアには、このまま、連れてきた東方師団《とうほうしだん》の警護で王宮に戻ってもらう」

でも、私の謝罪はナディル様に届いていなくて、ナディル様は何もなかったように話を逸《そ》らした。

（私の謝罪に、意味はないってことなのかしら……）

そう考えたら、スーッと心が冷えた。冷静になれたと言ってもいい。

「あの、ナディルさまはどうなさるのですか？」

ナディル様がこういう言い方をするということは、ナディル様は別行動をなさるということだ。

「私は、このまま公爵の後を追いながら、先に行かせた軍を追う」

「はい」

うなづいて、それで目の前がさっと暗くなったような気がした。

これは物理的というよりも精神的な作用だと思う——冷えた心が深い海のどん底に落ちたような気がして、身体が凍りついてしまったかのようにうまく動かせない。

「ルティア？」

ナディル様が立ち上がった気配がしたけれど、私は身動きできなかった。

だって気付いてしまったのだ。

（謝罪に意味がないんじゃない。拒否《きよひ》、されたんだ……）

ナディル様に拒まれたのだと、頭で気付くよりも先に心は理解していた。

（だから、こんなにも冷えていて寒い……）

季節は夏で、室内の空気も熱を帯びているのに、私は寒さを感じていた。

頭の芯が冷え切っているせいか、いつもよりずっといろいろなことがわかっているような気がする。

私の座っている椅子の方向を変え、ナディル様が私と向かい合う位置に立った。

でも、私は顔をあげられなくて、ただ、ぎゅっとガウンのスカートを握《にぎ》りしめ、口を開いた。

「…………わ、私をお迎えに来てくれたのは、軍を出す名目を果《は》たすためですか？」

（わかってはいるんです。この朝の時間だって、私じゃなくてシオンさまとお話しするのがメインだったって……）

別に今更《いまさら》、「私と仕事、どっちが大事なの？」みたいなこと言うつもりはないんです。そう聞こえたかもしれませんが、単に事実を確認したかっただけで！　でも……。

（どうしよう……泣いてしまいそうだ……）

ナディル様と会えて、迎《むか》えに来てくれたことが嬉しくて、この後はずっと一緒に居られるのだと思ってしまった――――ナディル様はそんなこと一言も言っていないのに。

（迎えに来てくれたのは嘘じゃない。嘘じゃないけれど、ただの名目で……）

名目だって充分じゃないか、ここで会えたんだから。と自分に言い聞かせる一方で、みっともなく泣きわめいてしまいたい気分になる。

アルダラで再会できたことが奇跡《きせき》のように思えていて……そのせいで、ものすごい勘違《かんちが》いしていた自分が情けなかった。

「……ア、ルティア！」

びくっと肩が震《ふる》えた。呼ばれていたことに気づかなかった。

目の前で膝《ひざ》をついたナディル様が、のぞきこむように顔を寄せた。

でも、私は顔を背《そむ》けるようにして、ますます俯いてしまう。

(だって、今、絶対に酷《ひど》い顔をしてる)

「……ルティア、顔を見せてくれないか」

私は俯いたまま、首を横に振る。

「ルティア、頼む」

また首を振る。だって、こんな顔は見せられない——今は絶対に笑うことができない。

「……軍を出す名目に使ったのは本当だ。でもルティア、君を迎えに来たのは偽《いつわ》りではない。自分の目で君が無事であることを確かめたかったからだ」

「わかっています。今、少し情緒《じようちよ》不安定なだけなんです。……大丈夫《だいじようぶ》です。ごめんなさい」

涙腺《るいせん》が決壊《けつかい》しそうだった。こらえているのに、一粒《つぶ》、二粒と水滴《すいてき》が頰《ほお》を流れてゆく。

(泣いたらダメ。……私に泣く資格なんてない)

半《なか》ば騙《だま》すようにして家出したくせに、こんなことでナディル様を困らせるなんてありえない。

ほうとナディル様が深いため息をつく。

びくっと私の身体《からだ》は震えた。

「……すまない」

柔らかな声だった。

「……私の言葉が足りないせいで、誤解をさせたようだ」

どこか途方《とほう》に暮れたような声だったから、本当にナディル様の声なのかと思って顔をあげた。

（あ…………）

どこか不安げな表情で、ナディル様が私を見ている。

「……誤解？」

「ああ」

ナディル様は大きくうなづき、そしてやや声を潜《ひそ》めるようにして言った。

「…………秘密にしておいてほしいのだが、私は自分でルティアを迎えに来るために軍を発したのだ」

「え？」

「本来ならば私も、ルティア同様に王宮から気軽に出られるような立場ではない……アルが出兵していて、私達にはまだ世継《よつ》ぎがいないのだから」

私は、その言葉を理解しているのだという証《あかし》に「はい」とうなづく。

「ルティアの出迎《でむか》えでなければ、こんなに早く軍を発することはできなかったし、私が来ることも難しかっただろう」

ナディル様はこれ以上の誤解を招かないようにか、慎重に言葉を選びながら話してくれる。

「できるだけ秘密のうちにリーフィッド領に兵を送るため、私の出迎えをダシにしたのだと思いました……」

「……正直なことを言えば、その思惑《おもわく》はゼロではない。でも私は、君の出迎えが最優先で、最も大切だと思っている……本当だ」

ナディル様の蒼《あお》の瞳が、私をまっすぐ見つめている。

私はコクリとうなづいた。

「……では、ナディルさまも私の謝罪を受け取ってくださいますか？」

「え？」

「私、ナディルさまが守ってくださっているのを知っていながら、王宮を抜け出したことをお詫《わ》び申し上げます……申し訳ございませんでした」

私はもう一度深く深く頭を下げる。

「ルティア……さっきも言ったが、私にもそれが最善だとわかっていた。わかっていても、私は君が少しでも危険に晒《さら》されるのが嫌《いや》だったから許さなかった。たぶんそれは、私のわがままだ」

「わがまま、ですか？」

「ああ。……君が家出をしたのは青天《せいてん》の霹靂《へきれき》だったけれど、それは、ただ私がその可能性から目を背《そむ》けていただけだ」

だから君が謝罪する必要などないのだとナディル様は言う。

「でも……」

「もし……さっきの私の態度が悪かったせいで誤解をしたのであれば、私の方こそ謝らねばならない。……私は、君に家出をされて……何というか……がっかりしたんだ」

「がっかり、ですか？」

「ああ。君が記憶を失って……もう一度やり直す機会をもらえて、それで君と最初から新しい関係を始めたつもりでいた。距離は縮まっていると思っていたし、君が一番に頼《たよ》るのは私だと思っていた……」

「もちろん、そうです」

私の素早い肯定《こうてい》に、ありがとう、と呟《つぶや》いてからナディル様は話を続ける。

「だから君が家出をして、私は衝撃《しょうげき》を受けた——君に信じてもらえていなかったのだと思った」

「そんなこと！」

ありえません！　とばかりに私は身を乗りだす。

「ああ。わかっている。……頭の裏側では気付いていた。そうするのが最善で、君が私を思うからこそそうしたのだと。……それでも、私は君を守りたかった。たとえ、それが私の名に傷をつけることであり私を危険にすることであったとしてもだ。君に危険が及ぶかもしれないと考えるだけで背筋が凍《こお》る。君はいつも私の言う通りにしてくれていたから、まさかあんな風に家出されるなんて思いもしなかった……」

「ナディルさま………」

（ああ……そうか……）

ふと理解した。たぶんこれは、さっきまでの私の気持ちと同じ種類のものだ。

だから、私はそっとナディル様の頬に手を伸ばした。

「ルティア？」

「……やっぱり、これは私の『ごめんなさい』案件です。……私は、あなたを傷つけてしまった……」

両手でナディル様の両頬に触《ふ》れる――――ナディル様が私から目を逸らさないように。

「私が、傷ついた？」

ナディル様はよくわからない、という表情をしている。

「ええ」

私は、しっかりとうなづいて肯定する。

「私が？」

精神が鋼《はがね》の如《ごと》きナディル様は普段《ふだん》まったくそういうことがないらしく、ご自分でも半信《はんしん》半疑《はんぎ》のようだ。

（……ナディルさまは、ご自分が今どんな表情をなさっているかわかっていない）

不安げにも見えるそれは、私がこの方にさせてしまったものだ。

私がつけてしまった傷を、ナディル様はわからない。もしかしたら、傷が多すぎてわからなくなっているのかもしれない。

（でも……わからなくても、その傷がなくなるわけではないんです）

だから、私は決してそれを忘れてはいけない。

「ごめんなさい、ナディルさま。私がナディルさまに甘《あま》えすぎていました。ナディルさまが私を大切にしてくれているのに甘えすぎて、ナディルさまを傷つけてしまった……」

「……それなら、私も謝らねばならないだろう。……私は、君の意志を無視して自分の思い通りに動かし、危《あや》うく君を人形扱《あつか》いするところだった……」

私がそっと手を離すと、ナディル様は名残惜《なごりお》しそうな表情をした。

その表情に勇気をもらって、私はそのままナディル様の首に腕を回して抱きつく。

「ルティア？」

「ナディルさまも私も、お互《たが》いにちょっと臆病《おくびょう》で……それでいて、言葉が足りませんでした」

ナディル様の腕が、そっと私を抱きしめる——まるで宝物を扱うかのように優《やさ》しく。

「……そうかもしれない」

「ナディルさまほど私を大切にしてくれる方はいないって私ちゃんと知っています。だから、私もナディルさまを誰《だれ》よりも大切にしたい」

「…………」

私の言葉にナディル様は無言だった。無言のまま、抱きしめる腕に力がこもった。

「私がナディルさまに大事に守られているように、私だってナディルさまを守りたい。ナディルさまが誤解されたり、悪く言われるのは嫌です」

「……………国王なんていうのは所詮《しょせん》、人でなしの職業だ。何を言われていようとも利用するくらいでちょうどいい」

「私が、嫌なのです」

私はちゃんと伝わるように、言葉に力をこめる。

「私の大切なナディルさまを疎《おろそ》かにすることは、ご本人であろうとも許しません」

これくらい言わないと、きっとナディル様には伝わらない。

「……ルティア？　意味がよくわからない」

ナディル様が戸惑っているのがわかる。

私は少し身体を離して、ナディル様の顔をのぞく。

びっくりするほど近くにある顔に私はさらに顔を近づけて、そっと額と額を合わせた。

ナディルさまの瞬《まばた》きがものすごく多くなる。

無表情のように見えるけれど、たぶん、頭の中は高速で回転していて、こうすることに何の意味が？　とか、何を考えて私はこんなことをしているのだ？　みたいなことを考えているのだと思う。

「ナディルさまを犠牲《ぎせい》にして得られるものなんて、私はごめんだってことです」

「何を言っているのかよくわからない」

「ナディルさまがご自分を犠牲《ぎせい》にして、私だけを優先させるのが嫌なのです」

「…………だが、ルティア、私は君を守りたい。君が『鍵《かぎ》の姫《ひめ》』だからとか、そういう理由はどうでもいい。ただ、私が君を守りたい。私はそのためだったら何でもするし、何でもできる」

「ナディルさまがそう思ってくださるお気持ちはとても嬉しい。でも、ナディルさま、私も同じ気持ちなのです」

「同じ気持ち？」

ナディル様はピンと来ていない表情で首を傾げた。

まるで内緒話《ないしょばなし》をしているような……角度によっては口づけを交わしているように見える近さで見つめ合ったまま、私は告げた。

「私もナディルさまを守りたいし、そのためだったら何でもできるってことです」

「……ルティア、それは許されない」

「誰に許されないのです？　ナディルさまが国王で、私の騎士《きし》だからですか？　ナディルさまもさっき言ったじゃないですか、そんなのどうでもいいって。……私だって同じです」

ナディル様の瞬きの回数はさらに増えた。

私は少しゆっくりと、ナディル様の脳裏《のうり》に焼き付くようにしっかりと意志をこめて、一つ一つの言葉を紡《つむ》ぐ。

(言葉で、どれだけこの気持ちが伝わるのかわからないけれど……)

「私は、ナディルさまが国王陛下じゃなくても、他のお名前でも、何の地位も名誉《めいよ》も持っていなくても、天才と称えられるような方でなくても、ナディルさまが好きです。本当は、ナディルさまにだったら騙されてもいいし……利用されていたっていいんです」

「ルティア！」

それは絶対許さない、と言わんばかりの響《ひび》きで名を呼ばれる。

ナディル様は、あんまりご自分の考えを言葉にしないけれど、私の名をよく呼ぶ。

(その響きで、本当は何を言いたいか何となくわかるようになってしまいました)

「……さっきみたいに泣くかもしれないですけど」

私はそっと額を離した。

それでも、私とナディル様の距離はとても近い。

「すまない。……でも、君を泣かせたいわけではないし、本当に、大切にしたいだけなのだ」

「はい」

(知っています。ちゃんとそれはわかっているんです)

ただ、涙腺がゆるんでしまうだけで……。

「……たぶん、私達は似たもの同士なんです」

「私と君が似ている？　…………まさか」

ナディル様は真顔だった。あり得ないという口ぶりだ。

「本当です。お互いに大切な人のためなら何でもできるって思っていて、自分よりも相手を優先したくて……そうすると、私達、どうしても利害が一致《いっち》しない時があるんです」

(一致しないどころか、だいたい、対立してしまうんです)

「それは………」

「今回がその良《い》い例でした」

「良い例？」

心底疑わしいという表情でナディル様が少しだけ顔をしかめる。

「ナディルさまが気になるなら言い直しますが、わかりやすい例でした——ナディルさまはご自身の名に傷がつき、政治の混乱と戦争中に背後に危険を抱《かか》える可能性があっても私に危ないことをさせたくなかったたし、逆に私はナディルさまが新たに抱えるだろう危険や誤解が許せませんでした——だって、私ならばそれが取り除《のぞ》けることがわかっていたから……」

「……だから、家出した？」

「ナディルさまは、私が外出をお願いしたときに許してくださいませんでしたから……」

私はちょっとだけ苦笑《くしょう》する。

「あれで許せる人間は、たぶんいない」

ナディル様はきっぱりと言い切る。

「怒《おこ》られるとは思っていましたけれど、でも、やらなければいけないことでした。世界で一番大切な人の名誉がかかっていました」

「ルティア……君は……」

ナディル様は何かを言おうとして、結局は言葉にならないようだった。

「……きっとこれからも、こういうことはあると思うんです」

(悲しいことに、私達は市井《しせい》の一市民ではなく、この国の頂点に立つ王族だから……平穏《へいおん》な幸せとはたぶん無縁《むえん》だ)

「………そうだな」

認めたくない、というようにナディル様は小さく首を振る。

「そういうときは、また、今日みたいにお話ししましょう。互いの主張が対立するのは仕方がありません。だって、ナディルさまは私が一番大切で、私はナディルさまが一番大切なのですから」

お互い一番大切なものが違うのだから、それは仕方がない。

「……ああ」

ナディル様が、うなづいた。何を思っているのかよくわからない顔だ。

「……だから、ナディルさまに覚えておいてほしいことがあります」

私は言葉を切って、ナディル様の瞳をのぞく——私だけを映すように。

そして、告げた。

「あなたが、私の幸せです」

「………?」

ナディル様は、ぱちぱちと大きく瞬きをし、それから、思いっきり意味がわからないという表情で首を傾げた。

（これ、たぶん、私のよくする仕草ですね）

私からうつったんだ、と思うと何だか少しおかしかった。そんな場合ではないのに。

「私はあなたがいなければ幸せではないです。これは大前提《だいぜんてい》で………他の誰も代わりにならないんです」

ここまでわかりました？　というように見つめる目に力をこめる。

「……ああ」

ナディル様はわずかに目を見開き、そしてかすかに笑った。

もしかしたらご本人は笑ったことに気付いていなかったかもしれない。

「あなたが幸せであれば、私も幸せです。だから、私はあなたを大切にするし、したいんです――私が幸せになるために」

これは、ナディル様のためじゃなくて私のためだ。

「ルティアのため？」

「ええ」

私は自信たっぷりにうなづいた。

「……だから、ナディルさまは私が大切ならば、ご自分の大切にする範囲に自分も含《ふく》めてください」

（誰かを大切に思うこと――それは突《つ》き詰《つ》めると、自分のわがままになるんですね）

初めて知った、と少し新鮮な気持ちで思った。

「大切にする範囲？」

ナディル様は、ますますわからない、という表情だ。

「私を幸せにするならば、私が幸せにしたい人ごと大切にしてくださいってことです」

「その範囲に私も入っている、と？」

「そうです。たぶん、これは私のわがままなのですけれど……」

「随分《ずいぶん》と可愛《かわい》い……私に都合の良いわがままだ」

「いいんです、都合が良くても」

私はもう一度、ナディル様の首に手を回し、ぎゅうっと抱きしめる。

「……私は、君の言っていることがよくわからない。わかっているようで、たぶん本当には理解していない気がする」

いつも通りの静かなナディル様の声。私は少し身体を離した。

「はい」

「だから、また君を傷つけてしまうかもしれない」

真剣《しんけん》な表情がよく見えた。

「……それはお互い様です。……私もまたナディルさまを傷つけてしまうことがあるかもしれないです」

「……かまわない。ただ、頼みがある」

「はい」

「私が間違《まちが》ったり、君を傷つけたりしても、私を諦《あきら》めないでほしい」

「……ナディルさま？」

「君は私を買いかぶっているから、私が何でもわかっていて、何でも知っているように思っているかもしれないが、私は何もわかっていない。……少なくとも、君が関わると良くできているはずの私の頭はうまく働いてくれないし、理解が覚束《おぼつか》ない」

私はよくわからないです、の意味で小さく首を傾げた。

「私は朴念仁《ぼくねんじん》の人でなしだから、今回のように我知らず君を傷つけることがあるだろう……その時は、許さないでくれ」

我慢《がまん》して、なかったことにしないでくれ、とナディル様は言う。

「ナディルさま？」

「結果として利用してしまうことがこの先もあるだろう。……でも、君はそれを怒っていいし、我慢しないでいい」

「でも………」

「ルティア、私は君にだけは誠実な男でいたいと思っている。……素直《すなお》に、は難しいだろうが、必ず謝るし、是正《ぜせい》するように努力する」

その努力を見てほしい、とナディル様は言った。

言葉選びがすごくナディル様らしかった。

「はい」

私はしっかりとうなづいた。

「君は随分と私を評価してくれるが、私だって間違うし、わかった顔をしていてもわかっていないこともたくさんある」

「……本当に？」

「ああ。……年齢《ねんれい》が上だから格好《かっこう》つけたくて、わかったような顔をしているだけだ」

だから、見捨てないでほしい、と少しだけ自信のなさそうな声で言った。

「そんなこと、しません――あなたは私の幸せだから」

ぱちぱち、と数度瞬きし、そしてナディル様はくすっと小さく笑った。

「ルティア……君が私の幸せだ」

それはまるで、誓《ちか》いの言葉のように聞こえた。

…幕間… 諦めの境地を探索する執政官と臨時の軍監を押しつけられた不運な公子

「……なんで、こんなことに？」

青毛の馬を駆《か》りながら、疲《つか》れた顔で首を傾《かし》げているのは、つい先頃《さきごろ》、自家が叙爵《じょしゃく》されたばかりのリーフィッド公爵家《こうしゃくけ》のレスターク公子《こうし》だった。

元リーフィッド大公家のレスターク公子殿下《でんか》、と言ったほうが、ほとんどの人間にはわかりやすいだろう。

「あー、たぶん、それはあなた様が使える人間だからです」

レスターク公子は、おまえ、何を言ってるんだ？　みたいな顔で僕《ぼく》の方を見る。

本来、公爵家ともなれば嫡子《ちゃくし》には名乗るべき別の爵位《しゃくい》があるのだけれど、最初から公爵位を授《さず》かったリーフィッド公爵家にはそれがないので、レスターク公子の敬称《けいしょう》は『公子』のままだ。ただし、リーフィッド公国の併合《へいごう》に伴《ともな》い、『殿下』の称号《しょうごう》を失っている。

「あなたができる人だから、陛下は、あなたに仕事を押しつけたんですよ」

僕の主《あるじ》――ダーディニアの国王陛下《へいか》たるナディルは、合理性の申し子だ。

レスターク公子を『できる人間』と判断したので、ダーディニア貴族になりたてであろうともまったく気にしないでどんどん仕事をさせている。

「なあ、おまえ……」

公子は僕の方にそう呼びかけて、それから、僕の名前を覚えていないことに気付いたらしく言葉に詰《つ》まった。

「あ、私はレイモンド・ウェルスといいます。リストレーデ男爵家《だんしゃくけ》の人間ですが、もうすぐ別の姓《せい》になる予定の国王陛下の執政官《しっせいかん》の一人です」

一年以内に政略結婚《せいりゃくけっこん》をして婿《むこ》入りする予定である。相手の候補はまだ知らないが、決めるのはナディルだ。

「執政官……」

執政官の職能《しょくのう》というのは多岐《たき》にわたるが、僕が得意分野として任されているのは税《ぜい》務《む》・財政関係である。

普段《ふだん》、僕がやっていることを簡単に言うと、不正蓄財《ちくざい》している奴《やつ》らをギュウギュウとカラッカラになるまで搾《しぼ》り、王国の税収をあげるという大切な仕事だ。やたら恨《うら》まれやすいけど毎日最高に楽しく仕事をさせてもらっている。

にもかかわらず、こんな風に軍事演習という名目の遠征《えんせい》に同行しているのは、我《わ》がリストレーデ男爵家の本家が軍閥《ぐんばつ》の頂点に近い武《ぶ》の家だからだ。

今回の演習に参加している隊長クラスの半数くらいの人間が、うちの身内や懇意《こんい》にしている家の人間なので、僕がいればそれなりにまとめられるという大雑把《おおざっぱ》な判断でこんなところにまで派遣《はけん》されてしまった。

（とはいえ、僕はこの遠征軍を率《ひき》いるには職位《しょくい》が足りない）

執政官という身分は、陛下の代理として軍を率いるにはやや軽すぎる。

そこで、旗頭《はたがしら》として抜擢《ばってき》されてしまった不運な人が、何を隠《かく》そうこのレスターク公子なのである。

我が国の爵位を得て二週間とたっていない。近衛騎士《このえきし》ではあっても軍の中で確固たる立場があるわけでもなく、一軍を率いるには地位がまったく足りていない。

けれど、そこは爵位と血筋がものを言う。それと、今回に限り、レスターク公子が赴《おもむ》くことが有利に働く理由がある。

（リーフィッドは彼《かれ》の故郷《こきょう》であり、彼の手で王妃《おうひ》殿下に捧《ささ》げられた領土だ）

そんな彼が旗頭となることは、ある意味必然とも言える。

「……では、レイモンド。畏《おそ》れ多《おお》くもおまえたちの……いや、我々の国王陛下が何を言ったか教えてやろう」

額に青筋《あおすじ》が見えそうなレスターク公子は、冷ややかに笑いながら言葉を継《つ》いだ。

「陛下は私を呼び出して言ったのだ。『リーフィッドの新たな領主たる我が王妃を迎《むか》えに行くから、同行するように』と。……我が主である王妃には留守《るす》を守るよう言われていたが、その王妃殿下のためだと言われれば従わざるをえまい――――私は王妃の騎士なのだから。……なのに、なぜ、私が別動隊の軍監《ぐんかん》など務めなければならないのだ？　私は王妃を迎えに来たのだぞ？」

「あ～……まことに申し訳ないことながら、たぶん最初から、陛下はあなた様をこちらの隊の隊長にするつもりだったと思いますよ」

（たぶん、その言い分は『（私が）リーフィッドの新たな領主たる我が王妃を迎えに行くから、（二つに分ける隊の一つをおまえに預けるつもりでいるので）同行するように』だったと思うんだよな）

「さっきも言った通り、私は王妃の留守を……レナーテ嬢《じよう》ら後宮《こうきゆう》の者達を守るようにと王妃から言いつけられていたのに、結果としてそれを破ることになったではないか!!」

「……え？　王妃殿下に言いつけられたのは、女装《じよそう》だったと聞いたんですが？」

「！！！！女装は！　ただの作戦だ!!　それはもうとっくに終わっている!!!」

真面目《まじめ》な性質《たち》らしいレスターク公子は、ぐっと手を握《にぎ》りしめ、こみあげてくる感情をこらえていた。大声を出さぬように抑えてはいるが、それでも迸《ほとばし》るものがあるらしい。

反応がなかなか新鮮《しんせん》で、もしご身分が高くなかったら、きっと皆《みな》にからかわれる性格だろうなとも思った。

（そういうのに耐性《たいせい》なさそうだし、不満をためやすそうな人だから気をつけておこう……）

「……あと、女装の件は口に出すな。いろいろとバレるとまずい」

「まずい、ですか？」

声を落とした公子は、そんなこともわからないのか、というような表情で言った。

「今後も御身代わりを務めることがあるかもしれぬ。……ゆえに、一切《いっさい》漏《も》らすな」

それは命令することに慣れた人の言葉であり、有無《うむ》を言わせぬ圧力があった。

陛下について行った同僚《どうりょう》のフィル＝リンだったら、「本当は女装のことが誰《だれ》かにばれるのが嫌《いや》なんじゃねえの？」くらい言うだろうが、僕にはそれは言えない。

なのでこの場合、神妙《しんみょう》な顔をしてうなづく以外の選択肢《せんたくし》はなかった。

（………でも、すごいなこの人。命令があったら、また女装する気があるんだ）

別に自分の忠誠心が劣《おと》っているとは思わないが、そこまでできるのがすごいと思う。

「はい」

公子が、それでよし、というようにうなづくとやや空気が和《やわ》らいだ気がした。

（こういう逆らえない系の圧力って、やっぱ、血なんだろうか……？）

この方は、ナディルの従兄《いとこ》にしてアルティリエ王妃殿下の従伯父《いとこおじ》にあたるとびっきりの血筋の良さを誇《ほこ》る。他国の方であった時には特に意識されることではなかったけれど、今は我が国の公爵位を持つ大貴族の一員であり、『王族』でこそないものの、とても近い血を持っている。

(上に立つ人特有の威厳《いげん》？　威光《いこう》？　みたいなものがあるよな)

「……感謝をしていないわけではないのだ。私とて、故郷とかつての我が民《たみ》のためにならばこの身を賭《か》けることも厭《いと》うまい。だが、心の準備くらいさせてくれても良いのではないか？」

「…………すみません」

まだ、ナディルのやりようにまったく慣れていないレスターク公子の反応はとても新鮮だ。

(まあ、たぶんこの方もそのうちわかるだろうけど……)

最近、悟《さと》りの境地に到達《とうたつ》するんではないかという我《わ》が身《み》をかえりみて、ああ、自分は随《ずい》分《ぶん》と馴染《なじ》んでしまったのだなぁと思える。

「立場上、一から十まで説明するわけにはいかないのは、仕方あるまいが……」

ナディルは頭が良すぎるせいなのか、そこに至るまでの説明も何もなくいきなり回答を出してくる。自分がわかっているので、相手もわかっていると思っているのか、説明が面《めん》倒《どう》くさいだけなのかわからないが、言葉が足りないし説明も足りていない。

「愚痴《ぐち》を言ってすまない…………これが最善であると私もわかってはいる。彼が私のことを思いやってくれたことも……」

「陛下が、公子を思いやった、ですか？」

（本来後方にいて守られていた方がいい人を別動隊の隊長にして最前線に追いやるのが思いやりか……？）

本気で言っているなら随分と素晴らしい勘違いをなさっているなぁと思うところだが、意外にも公子は勘違いをしているわけではなかった。

「ああ。……本当だったら、私は後方にいた方が良《い》いのだ。私だってそれくらいはわかっている。エルゼヴェルト公爵ではないが、私には拉致誘拐《らちゆうかい》の危険があるからな」

「暗殺《あんさつ》、とかじゃなくてですか？」

軍を率いる者には常に暗殺の危険がつきまとう。

大学で誰もが一度は学ぶエレンデールの戦術書によれば、将を失うことはその将が率いる隊を失うことに等しいとまで言われている。暗殺は戦力を削《そ》ぐ有効な手段なのだ。

「今回の私の場合に限り、殺すよりも誘拐した方が価値が高い……にも関わらず陛下は私に故郷の民を救う機会をくれた」

「それは単に陛下に都合が良かっただけですよ。親切心だけではありません」

「そうかもしれない……。すでに父が叙爵されている現在、実際には無意味だが、私がいなければダーディニアによるリーフィッド併合の論拠《ろんきょ》が失われると考える者もいる」

手続きがすべて正しく終わってしまった今、たとえ、レスターク公子が死んでも、リーフィッド公爵が死んだとしても併合が無効になることはない。

レスターク公子は淡々《たんたん》と言葉を継ぐ。

「それから、もう少し穏当《おんとう》に話を進めるのならば、拉致した私に自分の血筋の娘《むすめ》をあてがい、その子どもにリーフィッドを継ぐ資格があるのだと主張してその子を立てる……というのもありだ。この場合、私は子ができたら殺される。最悪、私の子でなくてもいい。一度でも寝た事実があればな」

「いや、それ強引《ごういん》すぎるでしょう」

「強引でも無理矢理でも、ようは継承《けいしょう》できる正当な事由があるのだと主張する根拠《こんきょ》となればいいだけだ。……帝国《ていこく》の皇女《こうじょ》が従姉妹《いとこ》であると言って、やたら私に会いたがっていたのも、そういうことだろうと思っている」

「……そういうこと？」

「私と関係を結んで、私の子をでっちあげる……あるいは、私を虜《とりこ》にしていいように使うためだ」

「……夢も希望もありませんね」

「おまえ、どうしたら皇女なんていう生き物に夢や希望を抱《いだ》けるんだ？　帝国で表に出てくる女性は、男を上手《うま》く操《あやつ》れる女だけだぞ。まあ、一番危険な女は絶対表には出てこないがな」

僕は想像がつかなくて首をひねった。

「…………？」

「帝国の女性の立場は、複雑なんだ」

公子は軽く肩《かた》を竦《すく》めた。その端的《たんてき》な言葉には、実際にいろいろな国を自身の目で見てきた人らしい確かさがある。

「……私も最初の頃《ころ》は、自分の身内が気にならなかったわけじゃない。私の母は、己《おのれ》の生国が帝国領になったことを恨み抜いて死んだ人だった――彼女《かのじょ》が生きていたら、己が何もできないまま帝国の後宮にいれられてしまった姉の行方《ゆくえ》を気にしただろうと思って、最初は伯母《おば》の動向を窺《うかが》っていたのだ」

さらりと公子はおっしゃったが、こんなところでこんな風に話す内容ではないと思う――たぶん。

「帝国の後宮でリーフィッドの宝飾品が求められるようになってから、少しでも力になりたくて伯母に連絡を取ろうとした。だが、あちらからの反応はなく……それでも諦められなかった私は、伝手《つて》を辿って伯母への献上《けんじょう》を申し出たが拒絶《きょぜつ》された。もしかしたら伯母は、ダーハル滅亡《めつぼう》の際に何もできなかった私達のことを恨んでいるのかもしれないと、その時思い至った。……あるいはそうでなかったとしても、あの当時の私にはあちらの望むような利用価値がなかったのだろう」

だから私は、伯母や、いるかもしれないその子ども達の存在を忘れることにした、と公子は言った。

（……すごくあっさりと言ってますけど、それ、ものすごく重いですから）

そんなに簡単に言わないでほしいと思いながら、僕は駆けることを楽しみすぎている馬の手綱《たづな》を少しだけひく。速度を落とさないと次に馬を替える地点まで保《も》たない。

「純粋《じゅんすい》に従姉妹が会いたがっているとは思わないんで？」

「まったく思わないし、興味もない。……ずっと考えてきたんだがな、血の繋《つな》がりなんて厄介《やっかい》なだけじゃないか？　血は水よりも濃《こ》いなどと言うが、顔も知らない血族よりも実際に懇意《こんい》にしている身近な人々を大切にするほうが建設的だと思うぞ」

それは多分に公子の本音だったのだろう。

そして僕は、噂《うわさ》で聞くよりもずっと人柄《ひとがら》が良く、少しひねくれたところもあるのに結局はいろんなものを見捨てきれなそうなこの公子を面白《おもしろ》い人だと思った。

（もしかしたら、この人とだったら、ナディルは対等に話ができるんじゃなかろうか？）

でもきっとこの人は嫌がるだろうな、とも思った。

『石の道』と呼ばれる街道《かいどう》は、かつて、ストール大山脈から産出されるさまざまな石材を運んだと言われる道だ。それらの石材は、ダーディニア各地に点在する遺跡《いせき》や建築物に使われており、今もその名残《なごり》を見ることができる。

ダーディニア国内で五街道の一つに数えられる主要な道で、常に国によって整備されている。ところどころ道幅《みちはば》が狭《せま》い箇所《かしょ》もあるが、軍が征《ゆ》くのに適していて、一定距離《きょり》ごとに設置されている駅の存在が素早《すばや》い行軍を可能にしていた。

『水晶《すいしょう》の道』と呼ばれる古道が合流しているため、『水晶の道』の名で呼ぶ者もいるが、どちらの名で呼んでも間違《まちが》いではない。

「……ダーディニアの行軍速度の秘密がわかった気がする」

街道を逸《そ》れた間道の林の中に幾《いく》つか設《もう》けられた天幕《てんまく》のうち、一番大きいこの天幕は、仮の本陣《ほんじん》として公子が使っている。周囲をとりまく小さな天幕の一つを僕や他の指揮官達が使っていて、公子の元には従士《じゅうし》の少年が二人、身の回りの世話役として侍《はべ》っていた。

僕と公子は運ばれてくる夕食を待ちながら、行軍中に受け取った知らせや、早馬で届く情報の整理をしている。

「は？」

「よく訓練された軍隊と整備された街道、豊富な物資と適切な兵站《へいたん》を整える後方官《かん》僚《りょう》――――それだけ揃《そろ》っていれば、凡庸《ぼんよう》な私であってもこれだけ速く一軍を動かすことができる。リーフィッドにも軍はあったが、一個人の技量としては比肩《ひけん》する者もあれど、軍として評価するならばその練度《れんど》は隔絶《かくぜつ》していると思う」

「それは言い過ぎでは？」

「いや、事実だ。……まあ、リーフィッドでは大軍を指揮することがない、というのもある。何しろ国土の大半が山だからな。鉱山は近いが、そもそもが風光明媚《ふうこうめいび》な保養地として拓《ひら》かれた場所で、隠《かく》れ里《ざと》の趣《おもむき》が愛された地だ。それほど多くの兵がおらずとも守りやすいということも利点だった。リーフィッドの国土には大軍を展開できない細道しか通っていない。能力の高い一個人とそれの指揮する兵とで拠点《きょてん》防衛ができればそれで良かった」

だからこそ、軍としての精度が劣《おと》っていてもつい先頃まで独立を保っていられたのだ、と公子は言った。

「……とはいえ、優秀《ゆうしゅう》な指揮官、も必要なのでは？　上が無能《むのう》だと苦労すると思いますよ。まあ今回、公子は『軍監』の名目ですが」

僕が少しだけからかってみたくなったのは、それなりの関係が築けているのだと思うようになったからだ。

「この戦《いくさ》はもう脚本《きゃくほん》ができている芝居《しばい》のようなものじゃないか。ナディル陛下の書いたそれを覆《くつがえ》すほどの何かがそうそうあるとも思えない。だとするならば、舞台《ぶたい》に立つ役者はほどほどでいいんだ。己の才を過信して、即興《そっきょう》で脚本を書《か》き換《か》えて破綻《はたん》させるような無能はいらないと思う」

「………公子はそれでよろしいので？」

「幼いときには、歴史を左右するような表舞台《おもてぶたい》に立ちたいと願ったこともある、が……いざそうなってみると、そんなことを考えた自分の不明を恥じたくなる」

「登場人物はごめんですか？」

「傍観者《ぼうかんしゃ》でいるのは嫌だとあれほど思っていたのに……」

今は傍観者になれればどんなにいいだろうかと思う、と言って深くつかれたため息には、言葉では言い表せない心情が籠《こ》もっている。

「まあ、そんなもんですよね。……僕らはもう諦めてます。うちの陛下、人使《ひとづか》い荒《あら》いんで」

「私の主は王妃殿下なのだがな……」

「だいたい一蓮托生《いちれんたくしょう》ですよ。うちの陛下、王妃殿下のことが何よりも大事な人なので……この先、どんなことがあろうともそれだけはたぶん変わらないんで」

それはナディルの側近の端々《はしばし》に至るまでが理解している大前提《だいぜんてい》だ。

「なぜ、そんなことが言える？」

「あの人、めったに心を動かさないんですよ。何かを好きになったりしないようにしている——そのせいでいつも失ってきましたから」

「……ああ……そうだな。いつだったか……陛下は失ったことのある人間の目をしていると思ったことがある」

「へえ」

僕はまた一つレスターク公子を見直した。この人がそれに気付くとは思わなかった。

少し言葉を探して、僕は続けた。

「僕が見たところ、王妃殿下は、諦め続けてきた陛下の唯一《ゆいいつ》なんですよ」

「唯一、か……」

（この方にもそういうものはあるのだろうか？）

王妃殿下と良く似た美貌《びぼう》の公子は、表情が豊かなようなのに、決してその内心がわかるような表情を見せることはなかった。


「失礼いたします。お夕食をお持ちいたしました」

公子に従士としてついているのは、僕にとって甥《おい》にあたる少年達で、長兄《ちようけい》の次男であるアシェルは十三歳、次兄《じけい》の長男であるクラヴィスは十五歳になったばかり。どちらも武門の家の教育が身についていることと、同年代の中ではとびぬけて腕《うで》が立つことから、公子の従士にと抜擢《ばつてき》された。

「入っていいよ。まずはこちらへ」

湯気を漂《ただよ》わせる木椀《きわん》を二つとも僕の前へ持ってくるように促《うなが》す。

「はい」

「ああ、ありがとう」

木椀の中にたっぷりと盛られていたのは、肉と白芋《しろいも》の汁物《しるもの》だった。

「今日の汁物は、アルティリエ王妃殿下の料理人から教えていただいたものだそうで、具材は山鳥と白芋です」

「へえ……」

公子が興味をそそられたように僕の手元を見る。

行軍中、温かいものを食べられる機会はそう多くはない。一応、演習という名目でもあるから、こういった場合の炊事《すいじ》訓練も兼《か》ねて汁物だけは作らせることにしている。

「暑い夏を乗り切るのに生姜《しょうが》たっぷりの汁物は有効だとか……」

「それは楽しみだ」

意外にもまだ体力がある様子の公子は、楽しげに携帯糧食《けいたいりょうしょく》の赤い缶《かん》を開け、油紙の上にジャーキーやシリアルのバーなどを並べていく。

（えーっと、汁物の毒見《どくみ》って確か三口だったよな？）

僕は、公子の毒見としてクラヴィスがもってきた汁物を口に含《ふく》んだ。添《そ》えられていたのは銀の匙《さじ》で、こういう時は作法として三口いただくことになっている。

（……あ～、胃《い》の腑《ふ》にしみるな～～）

夏であっても……いや、夏だからこそこういう熱い汁物が旨《うま》い。たぶん味付けは塩と生姜くらいのもので、すごくシンプルだ。山鳥の良い出汁《だし》が効《き》いている。

（しびれも味の異変もなし……特に問題はなさそうだ）

「どうぞ、公子」

作法通りの手順で公子に木椀を渡《わた》す。

「すまないな」

「いいえ。おいおいこの子達にも作法を学ばせますのでご協力ください」

甥達はいずれ騎士となるべく入団している。近衛の騎士ともなれば貴人の警護に就《つ》く機会も多いため、そういった知識が必要不可欠だ。

「ああ。……そなた達も大変だな」

「これも従士の仕事のうちですから！」

アシェルが元気よく答えるのに、公子は「励《はげ》めよ」と小さく笑った。

「公子は、野宿に慣れておいでで？」

「もちろんだ。私は旅から旅への放浪《ほうろう》公子と言われていたからな……帝国やイシュトラ、シュイラムにも行ったことがあるし、その先の泰華《たいか》帝国にも足を伸《の》ばしたことがある。宿があるのは都市部だけだからな。野宿の経験はかなり豊富だぞ」

「なるほど、それで汁物と携帯糧食なんていう簡素な食事でも文句《もんく》をおっしゃらないんですね」

「……温かい汁物を食べられるなんて贅沢《ぜいたく》じゃないか」

汁物に口をつけた公子は何度か瞬《まばた》きをし、それから少しリラックスしたような表情になる。たぶん、味を気に入ったのだろう。心なしか汁物を口に運ぶ手が早い。

「あー、貴族のお坊《ぼっ》ちゃんが近衛に入団して一番最初に文句を言うのが、食事なんですよ。特に携帯糧食。うち、入団して一週間、晩メシは携帯糧食って決まってるんで」

「へえ……まあ、それも訓練だろう?」

「そうです。それがわかっていないやつが多いんですよ」

「ダーディニアの携帯糧食は他国のものに比べて圧倒的《あっとうてき》に美味《おい》しいと思う。よその軍の携帯糧食を知っているわけではないが、リーフィッドの正規軍の携帯糧食は水に浸《ひた》さないと食べられないような堅《かた》いパンとジャーキーとナッツだけで、非常に不味《まず》かった。だが、ダーディニアの正規軍の携帯糧食なら金を払《はら》ってでも食べたいと思う。特にこのシリアルのバー。チーズ風味とナッツ入りとドライフルーツ入りとあるがどれも美味しい。これにジャーキーやサラミがついて、チーズがついて、ドライのデーツとキャラメルまでつくんだぞ。温かい汁物とこれがあれば、下手《へた》な宿屋の飯より豪勢だぞ」

「あー、それ聞いたら作ってる奴らが喜びます。……うちの携帯糧食、最近、大きく見直されたんですよ」

「見直し？」

「ええ。実は、うちの携帯糧食もそれほど美味いもんじゃなかったんです。でも、当時は第二王子だった王弟《おうてい》殿下――アルフレート殿下が、王妃殿下のご協力をいただいて、栄養があって保存がきいて、持ち運びに便利で美味いっていう携帯糧食の開発に乗り出したんです。開発がはじまって一年くらいで原型みたいなのができて、去年かな……だいたいの基本メニューが決定しました。缶の色で中身が違《ちが》うんで、この遠征の間に食べ比べてみるといいですよ」

自分用の青い缶を開けながら教えると、公子は珍《めずら》しげに僕の手元を見る。

「へえ……ちなみにそっちの青の缶の中身は？」

「シリアルのバーはチーズ風味、ごま味、ピスタチオ味の三種で、干し鱈《だら》と干しイカ、それから、ナッツとドライの林檎《りんご》が入ってます。ちなみにナッツとかドライフルーツの種類は、その缶を作る時に一番豊富に使えるものが入っています」

「全部で何種類くらいあるんだ？」

「赤と青と緑の三種類ですね。赤がジャーキーとかサラミなんかの肉が入っているもので青が干した魚が入っているもの、緑がバターをたっぷり使ったビスケットにチーズ、干し芋とドライフルーツに飴《あめ》がけのナッツなんかが入っている肉魚なしのものです」

「携帯糧食がここまで豊富なのはダーディニアくらいなものだ」

公子は名残惜《なごりお》しそうにドライデーツの最後の一粒《つぶ》を口にした。将校用の缶に入っているデーツは大粒《おおつぶ》で、ドライといえどなかなか食べ応《ごた》えがある。

「アルフレート殿下は、良い食事が良い兵を作るというお考えの方なんです。近衛と中央師団《しだん》の宿舎の食堂のメニューも王妃殿下のお考えになった内容に一新されていて……そのおかげで、近衛と中央師団の兵士の質があがりました」

「兵士の質？」

「ええ――――まず、美味い飯が目当ての兵が集まるようになったんです。で、彼らは食堂の飯の美味さに胃袋《いぶくろ》を掴《つか》まれたせいで、辛《つら》い訓練にもよく耐《た》えましてね。その結果、精《せい》強《きょう》でよく訓練された兵へと変貌《へんぼう》した、ということです」

「……冗談《じょうだん》みたいな話だな」

「僕もそう思いますが、確かに兵士の質はあがりました。……王族に対する忠誠心も、ですね」

「どういうことだ？」

「誰がその美味い飯を作ったかってことは、兵の端々にまで知られているんです」

「なるほど」

公子は面白そうに笑った。

元はアルフレート殿下が戦場でも美味いものを食べたいと考えただけのことだったが、

なかなか素晴《すば》らしい副次的効果を生み出している。軍の食堂では、飯を食う前に母女神《ははめがみ》だけでなく王妃殿下の名をあげて祈《いの》りを捧げる者も居るというくらいだ。

(胃袋摑むのって、ほんと大きいよな。……いまに、王妃殿下はダーディニア中の民の胃袋も摑むんじゃないだろうか)

携帯糧食をあらかた食べ終えたところで、僕はタイミングをはかって呼びかけた。

「そういえば、公子」

「なんだ？」

「以前、耳にしたことがあるのですが、リーフィッドの麗《うるわ》しの公都《こうと》ロレイア――スーリア山の地下にはトンネルがあるというのは本当ですか？」

公子は何を言われているのかわからない、という顔をして考え込んでから、ポンと手を叩《たた》いた。

「……ああ……『月影古道《つきかげこどう》』のことか」

「月影古道？」

「そうだ。統一帝國《ていこく》時代の古い道があると言われている――月の影すらささぬ道ということで『月影古道』と呼ぶ。……出入り口だと言われている門の場所は判明しているが、鍵《かぎ》が失われているので開かない」

「門は、イシュトラ側にもありますか？」

「古文書によれば東西南北と中央に門があったと言われていて、中央の門はおそらく湖の底だ。イシュトラ側に抜けることができるのは南門で、ここと東西の門は今でも確認《かくにん》できる。北門についてはだいたいの位置はわかっているが、百八十年前の地震《じしん》で崩落《ほうらく》があったせいで視認《しにん》できない」

「東門・西門・南門の位置はわかっているんですね？」

「ああ。……なぜ、そんなことを？」

怪訝《けげん》そうな表情で公子はこちらを見る。

僕はその瞳《ひとみ》をまっすぐ見返して言った。

「イシュトラが参戦しました」

「……イシュトラが？」

公子の顔色が変わった。

（……この方も難しい立場だよな）

リーフィッドが我が国に併合されるきっかけとなったことで、この方を責める声がないわけではない。

ダーディニアは、領土を欲して他国に戦を仕掛けることがない国だ。鎖国《さこく》をしているというわけではないが、それほど積極的に他国との交流を求めているわけでもない。

（結果、やや作られた楽園的なとこがあるんだよな………）

それが良いか悪いかは、僕が判断するようなことではない。

外からの影響が少ない分、劇的な変革や革新といったものに縁はないが、我が国は変わることを止めない……変化することを恐れないので常に前に進み続けている。

（今回のリーフィッド併合は、その前へと進むきっかけになったとも言える……国王であるナディルがそれを良しとしているのだから、他が文句を言う筋合いはないんだよな）

そもそも、リーフィッドを併合することは我が国の既定路線だったので、きっかけが何であれ問題はない。

「イシュトラからは、ロレイアを経由することなく直接ダーディニアに抜ける道はないとされています。が、二年前、我が国のストール山脈の森林警備隊が、道に迷った旅人を保護しました。彼は、長いトンネルを抜けたらダーディニアとの国境に到着していたと証言しているんです――――ロレイアを経由することなく、ね」

「その男が『月影古道』を通った、と？」

「ええ。……万が一、その古道が今も通れるのだとしたら、そちらにも兵をさく必要があります」

公子はやや考え込み、軽く首を横に振《ふ》って口を開いた。

「その男が本当に『月影古道』を通ったかはわからない。だが、リーフィッド建国時より鍵は失われたままで――――だが、絶対に通れないというわけではなくて、数年に一度くらいの割合で迷《まよ》い込《こ》む者がいることがわかっている。彼らがどうやって古道に迷い込んだかはわからない。もしかしたらわかっている以外の門があるのかもしれない、と思ったことがある」

「……鍵が帝国、ないし、イシュトラにある可能性は？」

「それはわからない。建国時より、我が国には古道の鍵は伝わっていない。……だが、統一帝國の後裔《こうえい》たることを称《しょう》する帝国には伝わっている可能性がある」

「……なるほど」

　僕は公子から聞き取った要点を暗号化し、薄《うす》い紙片《しへん》に書き取る。

（この情報をどこでナディルに渡せるか……………とりあえずはファラダだな）

　鳩《はと》を飛ばす算段をしながら、次にナディルがどうするのか、自分は何をするべきかを考えた。

「………レイモンド？」

「すみません。……あちらから開けられる可能性がどのくらいあるのか考えていました」

「ダーディニアにも鍵が伝わっているのか？」

「……もしかして、陛下から何かお聞きになりました？」

「ダーディニアが、古《いにしえ》の血筋を守っているということは……。だから、その遺物が伝わっているなら鍵があってもおかしくないのではないかと思った。……以前、陛下が『すべ

て に通ずる鍵』を今も守護していると言っていた。その時はただの言葉の比喩《ひゆ》だと思っていたが、今は、もしかしたら物理的にそういうものがあるのかもしれないとも思っている」

「……鍵、というのが正しいかどうか……。あのですね、我が国の王都は、古代の地下遺《い》跡《せき》の上に立っているんですよ。……で、しかるべき手順を踏《ふ》み、条件を整えればある程度安全に遺跡を通《とお》り抜《ぬ》けできることがわかっています」

僕はある程度のことを明かされているが、公子にどこまで話していいのかがわからなくて言葉に詰まった。

「……同じ事ができると？」

「わかりません。…………私が知る限り、判断できるのは陛下だけなんで」

だから、この情報は一刻も早く陛下に届けなければならない、と言うと、公子も難しい表情でうなづいた。

…第二十四章…　夫婦《ふうふ》ゲンカ、再び

私達は結婚《けっこん》したのがとても早かったので、夫婦歴だけはかなり長い。私に至っては、結婚歴イコール年齢《ねんれい》といっても間違《まちが》いじゃないくらいだ。

では、お互《たが》いを伴侶《はんりょ》と認めたのはいつからだったのか……。

ナディル様はわからないが、私の場合は今の私になって一年以上してから――たぶん、王妃《おうひ》となったあの夜からだと思う。

夫婦としての時間を重ねていくことで距離《きょり》が縮まっていることを私は理解していたし、当初の――旦那《だんな》様の胃袋《いぶくろ》を摑《つか》み餌付《えづ》けをするという計画は、この上なく順調に成功をおさめていた。

それであってもやはり、私達は保護者と被《ひ》保護者という関係が色濃《いろこ》かっただろう。私達の年齢差は十五歳《さい》もある。私の中身が『私』であるせいで、ナディル様は私を年齢以上に大人びているとは思っていても対等《たいとう》の存在であるとはやはり思えなかったのではないか。

だから、さっきの――朝のあの出来事は……たぶん、私達が初めて対等の立場でした夫婦喧嘩《げんか》だったんじゃないかな、と思う。

(雨降って地固まる。みたいな……雨っていうか、ゲリラ豪雨《ごうう》みたいな感じだったけど)

あの後、港へと向かうことを告げられ、与《あた》えられた部屋に引き取った私は大急ぎで顔を洗ったけれど、目元の赤みはとれなかった。

リリアとミレディは、そんな私の顔を見て、「仕方がございません」「大逆《たいぎゃく》の罪《つみ》は覆《くつがえ》せないのです」と口々に慰《なぐさ》めてくれたのだが、まったくの勘違《かんちが》いだった。

違うのだと、まだその話は欠片《かけら》もしていないのだと告げる間もなく、着替えさせられ、薄《うす》く化粧《けしょう》を施《ほどこ》すことで泣いた後の顔を隠《かく》し、港へと向かう馬車に乗り込んだ。


ほんのわずかな距離であっても馬車を仕立てるのが、王族女性の本来の移動方法だ。

それがたとえ、徒歩十分足らずの場所で、馬車で移動すると遠回りをしなければならず、歩くよりも長く馬車に揺《ゆ》られなければならなかったとしても、馬車を選ばなければいけないのが王族に生まれついた身の定めだった。

(この旅が、いつもよりほんの少し自由だったから、私、忘れていましたよね)

アル・バイゼルに向かう旅では身分を隠していたから尚更《なおさら》だった。

(ほんと、ままなりません)

それでも、今ここに居ることを私は自分で望んだのだ。

「……ルティア」

「はい」

ナディル様に名を呼ばれて、何とはなしに外を見ていた視線を目の前のナディル様へと向ける。

朝のあの騒《さわ》ぎの後からそう時間も経《た》っておらず、ナディル様と二人きりの馬車に乗るのがなんだか少しだけ気まずくて……いや、気まずいというよりは、気恥《きは》ずかしくて照れくさかった。

（どういう顔をしていいかわかりません）

「この後のことだが、君が乗ってきた艦船《ふね》でレヴァ河を遡《さかのぼ》り、まずはファラダを目指す」

「…………ファラダ？」

「ああ」

聞き覚えのある響《ひび》きだと思って記憶《きおく》を探《さぐ》ろうとしたとき、ナディル様が続けて言った。

「君の女官《にょかん》の実家だ。王家の御料《ごりょう》牧場がある」

「ミレディの？」

「そうだ」

なるほど聞き覚えがあったわけだ、と納得《なっとく》した。

「通達は出しておくので、君はそのままこの艦船で王都に戻《もど》るように。私はファラダから陸路でラガシュを目指す」

「………今、何ておっしゃいました？」

聞き間違いなのかしら？　と思った。

「？　……本当はこのアルダラから陸路をとるつもりだったが、このままルティアと共に船でファラダまで戻り、私だけでラガシュを目指す予定だ」

フィル＝リンからの知らせがあったので予定を変更《へんこう》する、とナディル様は言う。

（落ち着け、私）

深呼吸を一回して心を落ち着けてから口を開いた。

「………ナディルさまは、私を迎《むか》えに来るのが一番大切だとおっしゃいました。それは名目ではないのだと」

「ああ、そうだ」

「なのに、私だけで帰らせるのですか？」

できるだけ感情的にならないように気をつけたら、ひどく冷ややかな響きの声になった。

心の中は信じられない気持ちでいっぱいだった。

さっきのあれは何だったのか、と思う。

大きく目を見開いてナディル様の方を見ると、ナディル様はよくわかっていないというように何度か目をしばたたかせた。

「もしかして、何も変わっていないのでしょうか……」

　語尾《ごび》が震《ふる》えた。

　また、さっきのような絶望的な気分に陥《おちい》りそうになった私に、ナディル様が慌《あわ》てたような様子を見せる。

「そんなことはない。……危険がないのならば離《はな》したくないし、連れて行きたいと思っているほどだ。でも、前線に君を伴《ともな》うわけにはいかない」

　だから、君は安全な王都に戻ってほしい、とナディル様は言う。

（どうして……）

　もしや、変わっていないのではなく、まだ、わかってもらえていないのだろうか？

「私は……」

　カタンと小さく揺れて、馬車が止まった。

（なんてタイミングの悪い）

「到着《とうちゃく》いたしました」

　ナディル様の護衛騎士《きし》に馬車の外から呼びかけられ、私は言葉を続ける代わりに深呼吸を一つした。

（平常心、平常心、平常心……）

心の中で呪文《じゅもん》のように三回唱える。

護衛騎士は昇降台《しょうこうだい》を用意してから、ゆっくりと扉《とびら》を開けた。

(ちゃんと普通《ふつう》の顔ができているかしら……？)

いつもは無意識にしていることも、今この瞬間《しゅんかん》は、すごく難しかった。頬《ほお》の筋肉がひきつっている気がする。

先に降りたナディル様が伸《の》ばしてくれた手に、自分の手を重ねた。

(温かいのに……)

温《ぬく》もりが感じられるほど近くに居て触《ふ》れ合《あ》っているのに、その気持ちがよくわからなくなっている。

(言葉にされずともいろいろわかるような気になっていたけれど、もしかして全部気のせいだったのかしら？)

さっきの出来事もあって疑い深くなっているし、今の私は、自分に自信がなかった。

そっと腰《こし》を抱《だ》かれて歩を進め、タラップを渡《わた》る。

甲板《かんぱん》には、左手に艦長《かんちょう》をはじめとした海軍士官《しかん》らが、右手にオストレイ卿《きょう》やレーヌら東方師団《とうほうしだん》の騎士達が整列していた。

まるで絵の中の光景のようなその真ん中を、ナディル様に連れられて進んだ。

甲板の中ほどで足を止めたナディル様の前に、アングローズ艦長《かんちょう》が一歩進んで礼をとる。

「王妃殿下《おうひでんか》のみならず、陛下にまで御乗艦《ごじょうかん》の栄誉《えいよ》を賜《たまわ》り、恐悦至極《きょうえつしごく》に存じます」

「……久しいな、アングローズ」

「はい」

艦長は頭を下げたまま、ナディル様の御言葉を待った。

「ダーディニアを守りし長としてアングローズに命《めい》じる。ただちに出港し、この艦船の最大船速をもってレヴァ河を上り、一分一秒でも早いファラダ到着を目指せ」

『ダーディニアを守りし長』というのは『ダーディニア国王』のことを意味している。古式ゆかしい言い回しだ。

「はっ」

艦長をはじめとした海軍士官が一糸《いっし》乱れぬ敬礼《けいれい》でそれに応《おう》じる。

それから、ナディル様は東方師団の方を向く。

声を張り上げるわけでもなく、大きな声を上げるわけでもない。

いつもと変わらぬ口調だった。

「オストレイに命じる。王都に戻るまでは王妃の護衛を務め、その後、王都にてエクタールを待て」

「はっ」

エクタール将軍が出馬するということは、自分達も本格的に参戦することになるのだと改めて自覚したに違いない。

東方師団の面々もやや緊張《きんちょう》した面持《おもも》ちで敬礼をした。

そして、ナディル様は皆《みな》を見回して言った。

「昨日《さくじつ》、リーフィッド防衛戦線に、帝国《ていこく》の同盟国としてイシュトラが参戦した」

誰《だれ》も声をあげなかったのに、空気がざわめいて大きく揺れる。

ナディル様は静かに続けた。

「ゆえに、王妃のおかげで憂《うれ》いのなくなった東方より師団の三分の二を動かした。以下、すべての方面の師団が動く。祖国を守るためのそなたらの奮戦《ふんせん》を期待する」

その場にいた私と女官以外のすべての人が、ナディル様の言葉に答礼する。

ピンと張《は》り詰《つ》めた空気に、あるいは彼《かれ》らの真剣《しんけん》な眼差《まなざ》しに、私は小さく震えた。

(私は…………)

オストレイ卿が一歩前に歩み出ると、スラリと腰に帯びていた剣《けん》を抜《ぬ》いて空に掲《かか》げた。

「我らが剣は祖国のために」

東方師団の騎士達は、同じように剣を抜き、その言葉を唱和《しょうわ》する。

それは誓《ちか》いだ。儀式《ぎしき》のたびに繰《く》り返《かえ》される騎士達の誓い――――私も何度か聞いたことがあったし、今のように剣を捧《ささ》げられる主《あるじ》として儀式の場に立っていたこともある。

でも、それがこんなにも重いものだと思ったのは初めてだった。

（……戦争中だから？）

ここからそう遠くない場所で戦っている人々がいる。

（もしかしたら、亡《な》くなった人もいるのかもしれない……）

どれほど優位に立っていたとしても、戦《いくさ》をしている以上、誰も死なないなんてことはないのだ。

頭の片隅《かたすみ》に閃《ひらめ》いたのは、最後に会った時のアル殿下の横顔――それが、ここにいる彼らの顔と重なった。

（……私は、何もわかっていなかった）

知らなかったわけではない。知ってはいた。頭で……あるいは、言葉で。

でも、己《おのれ》に捧げられているものが生命《いのち》の重さを持つことを、私は理解していなかった。

☆

皆がそれぞれの持ち場につき、船内が忙《いそが》しくない時間を取《と》り戻《もど》したところで、私はナディル様から離れて貴賓室《きひんしつ》へと足を向けた。

「ルティア」

「部屋に戻ります」

胸《むね》の奥《おく》からこみあげてくるものが何なのかよくわからない。

どうにもならない哀《かな》しさと、胸を突《つ》く怒《いか》りと、ひどい自己嫌悪《じこけんお》があった。

（私は、馬鹿《ばか》だ……）

今の『私』になってから、たびたび聡明《そうめい》だと褒《ほ》められた。

当然だ。中身は三十三年の人生を生きた成人女性なのだから。まだ幼い子どもでしかない少女よりも高い判断力を持つのは当たり前で、褒められるようなことではない。

（しかも、ほぼ頂点に近い身分なのだから、阿《おもね》りやごますりだってあったに違いないのに）

それらを真《ま》に受けるのは愚《おろ》かだと思っていたし、わかっていたつもりだったけど、もしかしたら私は少し調子にのっていたのかもしれない。

目の前で、軍に奉職《ほうしょく》する人々の覚悟《かくご》を目にし、己が為《な》したことの意味を改めて知った。

想像がつかなかったわけではない。

（……でも、私は、レスタークの剣を受けとった時、ここまでのことを考えただろうか？）

たぶん戦《いくさ》になるだろうとわかっていた。

だけどそれは頭でわかっていただけだったように思う。

（このままじゃダメだ）

私は知らなければならない。そうでなければナディル様と一緒《いつしょ》になんかいられないのだと思ってしまったのは、やっぱり朝の出来事が尾《お》を引いていたのだと思う。

「お願いがあります」

前を歩くアングローズ艦長から遅《おく》れないように歩を進めながら、私は斜《なな》め後ろのナディル様に話しかけた。

艦長の後ろを私が歩き、私の一歩後ろをナディル様が歩き、その後ろをフィノス卿が歩くという形で、言ってみれば身内しかいない状態だ。

だからこそ私は、口を開くことができた。

私の言葉にナディル様はやや躊躇《ちゆうちよ》した。たぶん、さっき中途半端《ちゆうとはんぱ》になってしまったやりとりが心にあるからだろう。

「聞こう」

それでも、ナディル様は決して私を無視しない。

「私、ナディルさまと共に参りたいと思います」

ナディル様の手が、私の手を摑《つか》んだ。とっさに、という感じで意図したものではないと思う。

突然《とつぜん》その場に立ち止まった私達に、前を歩いていたアングローズ艦長は振《ふ》り向《む》き、フィノス卿は少しつんのめりそうになって止まった。

「……ルティア？」

「さっきのお話の続きです」

私はあえて涼《すず》しい表情で言った。

「ダメだ！」

ナディル様は即座《そくざ》に言い放つ。そして、自分の強い語調に私が目を見開いたのを見て、声を潜《ひそ》めて「怒《おこ》っているわけではない」と困惑《こんわく》した表情を見せた。

「君は、王都に……安全な場所に帰りなさい」

「嫌《いや》です。王都が安全かなんてわからないじゃないですか」

私の言葉に、ナディル様は絶句《ぜっく》した。

もしかしたら、朝のやりとりがまったくの無意味だったのでは？　とナディル様も思ったのかもしれない。

（それは全然違います。反対なんです）

「だって、ナディルさまがお留守《るす》なのに」

ナディル様の表情が安堵《あんど》に変わり、少しだけ歓《よろこ》びの色を見せた。でも、ここが喜ぶべきところでないことをナディル様はちゃんとわかっているから、決してそれ以上表に出すようなことはない。

「私が絶対安全だってわかっているのは、ナディルさまの腕《うで》の中だけです」

ナディル様の背後でオロオロした表情を見せていたフィノス卿の喉《のど》が、ひぐっと変な音をたてた。

何かを言おうとしていたナディル様がぽかんとした表情で少しだけ間の抜けた顔を晒《さら》す。

私は何か文句《もんく》があるか！　という気持ちでナディル様を睨《にら》み付《つ》けていたけれど、上から見下ろすナディル様と下から見上げている私という構図なので、どんなに睨《にら》んでみせても全然、圧《あつ》はかかっていなかっただろう。

何度か口を開いては閉じ、言いかけてはやめていたナディル様は、やっとのことで言葉を見つけたらしい。

「……ルティア、君が私をそこまで信頼《しんらい》してくれていることは嬉《うれ》しい。だが、私は前線に赴《おもむ》くのだ。君をそんなところには連れて行けない」

「私は、ご一緒いたします」

させてほしいと言っているのではない。すると言っているのだ。そこを間違えてほしくない、という気持ちを視線にたっぷりとこめた。

「……子どものような駄々《だだ》をこねているわけではありません。ナディル様と一緒に居ることが一番安全なのだと思う気持ちは本当です。でも、それだけではありません。私は、私に捧げられた領土のために血を流す人々と共に在《あ》らねばならないと思います」

やや迷惑《めいわく》そうな色をしていたアングローズ艦長の表情が、さっきのナディル様とそっくりなものになる。はくはくと動いた口元は、信じられない、と呟《つぶや》いたようだった。

「それは軍人ではない君のすることではない！」

「私はあの時、レスタークの命を惜《お》しみました。ここで断れば彼が死ぬ……それを見過ごすことができなかった。ですが……そのせいで私の知らない人達が……今ここにいる彼らと同じく軍に奉職《ほうしょく》している人々が前線で命を懸《か》けている。私はそれを知らなければいけないと思います」

「君に何ができる！」

「何も」

私はゆるゆると首を横に振《ふ》る。

「……でも、見ていることはできます。見て…………そして、忘れない」

他の誰が忘れても、私は忘れない。忘れてはいけない。

「ルティア……」

「ですから、連れて行ってください」

自分のしたことの意味を私は知らなければならない。

ナディル様の表情が思案しているものになる。

ここまで言えば、うなづいてくれるだろうと思った。

けれど、ナディル様はやっぱりナディル様だった。

「駄目《だめ》だ。君は、王都に帰す」

「嫌です」

「駄目だと言ったら、駄目だ」

ここまでくると意地の張り合いだった。

「嫌ったら、嫌です！」

「戦場になど連れて行けるかっ！」

「いーやーでーすーっ」

全身で拒否《きよひ》の姿勢を示した私は、止めるべきなのか迷っている艦長の横をスタスタと通《とお》り抜《ぬ》け、追ってきたナディル様の目の前で音をたてて扉を閉めた。

「待ちなさい、ルティアッ」

「待ちませんっ」

基本的には個々の船室には内鍵《うちかぎ》がない。なので扉を閉めてもすぐに開けられてしまうのだが、ナディル様は私が扉を閉めたということで開けるのを躊躇ったようだった。

私は扉を背中で押《お》さえる。

「危険は覚悟の上でご一緒したいと申しています。足手まといなのはわかっておりますが、私が私に献上《けんじょう》された地を守るために戦っている人々の元に赴《おもむ》かねばならないと思います」

「前線に君を連れて行くくらいなら、このまま私も一緒に帰る方がマシだっ！」

ナディル様の渾身《こんしん》の叫《さけ》びに、私は言った。

「では、そうしましょう、ナディルさま」

にっこりと笑う。見えてはいなくとも気配は伝わっただろう。

「え？」

「ナディルさまはご自分で抱《かか》えすぎです。皆に任せてご自身は王都でご報告をお待ちになるべきです。……以前、グラーシェス公爵夫人《こうしやくふじん》にお聞きしました。陛下が玉座を離れることなどそうあってはならないのだと。アル殿下も言っていました。ナディルさまの御親征《ごしんせい》があるようなことがあったら、それは自分的には負けなのだと」

「それは…………そんなことはできない。ルティア、私は皆に任せられないから前線に出るわけではない。私が出ることが必要だと思うから出るのだ」

「…………おんなじです」

「え？」

「それは、家出したときの私の気持ちと一緒です」

小窓越しに垣間《かいま》見たナディル様が軽く目を見開き、そして纏《まと》う気配が劇的に色を変えた。

わかってくれたのだと気付いた――たぶんこのとき初めて、ナディル様は私が訴《うった》え続けていたことを理解してくれたのだ。

「ナディルさま。……私は、もう守られるだけの子どもではいられないのです」

「ルティア……」

「守られていることは心地《ここち》よいです。嫌なことやわからないことや、どうにもならないことはナディルさまに全部代わってもらえばいいのかもしれません。でも……それでは、私は胸を張ってナディルさまの隣《となり》に立てないのです」

「君を守ることこそが、私の役割だ」

暗《あん》に守られていてほしいとナディル様は私に伝える。

でも私は首を横に振った。

「私はあなたの隣に立っていたいのです」

抱《だ》き上《あ》げられるのではなく、自分の足で。

「私は……………」

ナディル様が言葉を見つけられないでいるその時に、場の空気をあえてまったく無視した声がした。

「お取《と》り込《こ》み中、申し訳ございません、陛下」

柔《やわ》らかな響きのその声は、言わずと知れた私の筆頭女官《ひっとうにょかん》の声だ。

ナディル様の背後に見えたお異母兄《にい》さん達の表情が、なんだこの女は！　的なものになっていたけれど、リリアはまったく意に介《かい》さない。

「……火急《かきゅう》の知らせが届いております」

さすがに船の上にはメッセージ用の銀のトレーなどの用意はなく、リリアは普通にお茶の席で使うトレーに載せて紙片《しへん》を差し出した。

「……リリア」

硬質《こうしつ》な響きを持つ穏やかな声音《こわね》に、どこか高揚《こうよう》していた気持ちがストンとフラットな場所に落ちた。

「急《せ》いては事をし損《そん》じるとも申します。ほどほどになさいませ」

「…………わかりました」

リリアがそう言うのなら、と私は扉から身体《からだ》を離し、そっと開いた。

扉の前に立っていたナディル様はどこか複雑な表情で私を見る。

その後ろにいつも通りの微笑《ほほえ》みを浮《う》かべたリリアがいて、さらに後ろにはどうしていいかわからないでいるお異母兄さん達がいた。

「どうぞ中へ。……リリア、お茶をいただけますか？」

甘《あま》い物を食べたいと思った。私の中でいっぱいモヤモヤしているものが全部解けてしまうほど甘いお菓子《かし》を。

「かしこまりました」

お任せください、という表情で一礼するその姿はとても頼《たの》もしく、かくして私の『人生初の対等な夫婦喧嘩』の第二ラウンドは終息《しゅうそく》を迎えた。


火急の知らせ、とリリアが持ってきた紙片を目にしたナディル様は、その瞬間かっと目を見開いた。それから私を見て、もう一度紙片に目をやる。

「ナディルさま？」

もう一度私を見て、ため息をついた。

（すごく不審《ふしん》な挙動《きょどう》です……）

何が書かれていたのだろう？　と思うものの、私はあえて問わなかった。

私に教えていいことなのであれば、普通に教えてくれるだろう。

「……君に、同行してもらわねばならなくなった」

思いっきり不本意だという表情だった。

「はい？」

「君にどうしても来てもらわなければいけなくなった……」

この知らせのせいで、と薄い紙片を振る。

「……同行をお許しいただけるのは嬉しいですけれど、なぜ？　とお伺《うかが》いしても？」

さっきの今で、あれほどの反対をしていたナディル様が、意見を百八十度転換《てんかん》する理由がわからない。

(そう簡単にご意見を変えるとは思えないのだけれど……)

お互いの齟齬《そご》を認め、足りなかった言葉を補い、互いの忌憚《きたん》ない心情を吐露《とろ》しあってこれまでになく仲良くなったはずだったのに、一時間もたたないうちに再び同じようなことを繰り返した挙げ句の現在の状況《じょうきょう》だ。私が疑い深くなるのも仕方がないと思う。

改めて私を見たナディル様は、どうにもやりきれないというようなため息をつく。

「……ナディルさま……?」

「少し時間をくれ、話せるようになったら話す」

「はい」

私は素直にうなづいた。

「……ラナ・ハートレー」

「はい」

「オストレイとアングローズを呼べ。副官らもだ」

かしこまりました、とリリアが下がる。

リリアの姿が消えたのを確かめると、ナディル様は上衣《じょうい》の隠しから畳《たた》んだ布を取り出して広げた。

「…………地図」

「そうだ。…………禁帯出《きんたいしゅつ》の王家の秘宝の複製品《レプリカ》だ」

極《きわ》めて薄い絹布《けんぷ》に描《えが》き出《だ》された鮮《あざ》やかな色合いのそれは、驚《おどろ》くほど細部まで描き込まれていて、美術品のようですらある。なるほどナディル様が秘宝と言うわけだと納得した。

「レプリカ、ですか」

「ああ。……王族しか目にすることのできないものだから、他者には頼めなかった。まだ王太子《おうたいし》ではなかった時に時間を作って自分で写したのだが、一年以上かかった」

「……すごいですね」

印刷することすら難しいのでは？　と思えるほどの描き込みの細かさに目を見張り、それをここまで丁寧《ていねい》に写しきったナディル様の労力とねばり強《づよ》さに驚いた。

「…………帝国はとても広い国なのですね」

私が見たことのある地図は、ダーディニアが中心に描かれ、端《はし》の方に少しだけ他国がのっているものばかりだったので、帝国がこんなにも大きな国だとは思わなかった。

「リーフィッドを得たことによって、我《わ》が国《くに》の方が領土面積が広くなった」

「……そうなのですか？」

「ああ。……面積だけで言うなら最も広いのは黄海《こうかい》を越《こ》えた先の泰華《たいか》帝国だ。だいたい、我が国の一・五倍ほどある。だが、泰華帝国というのはその版図《はんと》の内に幾《いく》つかの藩国《はんこく》と自治区を持つ連合帝国なので、比較《ひかく》としてはあまり正しくない」

　テーブルいっぱいに広げられたナディル様の地図に描かれた見知らぬ世界の形を、私は新鮮《しんせん》な驚きをもって見る。

（これって……）

　大陸の形はかつての私《和泉麻耶》が知っているものと違えど、紛《まぎ》れもない世界地図である。

（えーっと、メルカトル図法、だっけ？）

「これは、私が手書きで写したものだからやや正確ではない部分もあるかもしれない。だが、形はほぼ正しい。ただ国境線についてはいささか変更があるだろう。……例えば、リーフィッドが我が国に併合《へいごう》されたように、このあたりの小国は泰華に併呑《へいどん》されたはずだ」

　幾つか上から描きなおした箇所《かしょ》があり、ナディル様はそこを指し示した。

「イシュトラとシュイラムは随分《ずいぶん》と互いに入り組んでいるのですね」

「そうだ。このあたりは互いに飛び地を持っていたりもするな」

　ナディル様は二つの国の国境線が複雑にくねっている箇所をトントンと指で叩《たた》く。

「交換《こうかん》して国境をすっきりさせるとかは考えないのでしょうか？」

「この二国は元は一つの国だったものが兄弟《きょうだい》で争って分割《ぶんかつ》したものだ。それゆえに些細《ささい》な妥協《だきょう》も許さないという犬猿《けんえん》の仲で、常に小競《こぜ》り合《あ》いを繰り返していた。近しいからこそ憎《にく》いというものなのだろう。今は同盟を結んでいるらしいが……」

それがいつまで続くだろうか？　とナディル様は首を傾《かし》げる。

「どういう意味ですか？」

「雌雄《しゆう》を決するような戦こそしていないが、ほぼ日常的に戦をしていた——およそ五代、いや、シュイラムに至っては七代にわたっている。その間に民《たみ》に蓄積《ちくせき》しただろう憎しみが、王族同士が婚姻《こんいん》の絆《きずな》で結ばれたくらいで解消されるとは思えない」

昨日まで殺し合ってきた相手とすぐに手を取り合うことは簡単なことではない、とナディル様は言う。

確かにその通りだと思った。

それから、ナディル様は地図上で幾つかの地点を指で押さえて確認《かくにん》する。扉の方から人の気配がしたところで、素早《すばや》く地図を折り畳んで内ポケットにしまった。

「……その地図は秘密、なのですか？」

私はこそっと尋《たず》ねる。

私の問いにナディル様はその通りだという表情で笑い、唇《くちびる》の前に人差し指を一本立てた。

「はい」

私は、わかりましたと口の中で呟きながらうなづく。そんなささやかな二人の秘密ができたことが嬉しい。

（………あれ？）

「どうした？　ルティア」

「さっきの地図は………その、ナディルさまが写した元の地図は、誰がどうやって描いたのですか？」

私は小さな声で問う。

視界の端っこで、お茶を運んできたミレディの姿をとらえていた。

「どういう意味だ？」

「誰があの世界を見ることができたのでしょう？」

衛星写真なんてないだろうに。

（いや、でも伊能忠敬《いのうただたか》さんみたいな人がいたらわからないですよね）

伊能忠敬さん、なんて言っているけど、別に知り合いでも何でもない。江戸《えど》時代に精密《せいみつ》な計測と計算で現代にも通じるような地図を作り上げた人の名前だ。この世界にもそういう人が居たら、こういう地図ができてもおかしくないのかもしれない。

ナディル様は少し驚いたような顔をしてから、さらに笑《え》みを重ねた。

「そもそもの大本を作ったのは、『空から来た人』だと言われている。国名や国境線を描き込んでいるのは……今は、私だな」

（……完全にオーパーツでしたね）

ならば、原本は衛星写真やあるいはそれを元にした地図でもおかしくない。

(たぶん、その『空から来た人』達って、私の記憶《きおく》にある日本よりも進んだ文明から来ているんですよね)

「今は、と言いますと?」

「それ以前にも複製を作って描き込んでいた人々がいるからだ。……名前は明《あき》らかだったり、明らかでなかったりするけれど、たぶん王族ばかりだろう」

小声でひそひそと内緒話《ないしょばなし》をしていると、ミレディがいつもの生温《なまぬる》い笑みを浮かべながら私達の目の前でカップにお茶を注《そそ》いでくれた。

やや高めの位置から一滴《いってき》もはねさせないでちょうど良《い》い量を注ぐその技術は、女官や侍《じ》女《じょ》には必須《ひっす》なのだそうだ。

ちなみに私はそんなパフォーマンスみたいな淹《い》れ方はできない。

「本日のお茶は午後のブレンドです」

午後のお茶は朝のお茶と違って甘い物と一緒にいただくことが多いから、少し濃《こ》いめで茶葉の味がはっきりとわかるブレンドだ。

慣れない人には、そのはっきりとした味が渋《しぶ》いと感じられるようだけれど、これが甘いお菓子にはとてもよく合うのだ。

ストレートでもミルクをいれてもおいしくいただけるけれど、レモンティーにはあまり向かない。

（ミルクで煮出《にだ》してロイヤルミルクティーにするとか、さらにシナモンきかせてチャイにするとかにもぴったりなんですよね）

ナディル様はこの濃いめのお茶を、適量の倍でものすごく濃く淹れて目覚まし代わりに飲んだりすると言っていた。頭の中がすっきりするらしい。


「失礼いたします」

私達がお茶を口にした頃《ころ》、連れだって入ってきたのはアングローズ艦長やオストレイ卿《きょう》達だ。全員が正装のマントを身につけた制服姿なのは、ナディル様がいらっしゃるからだろう。一応、御前会議《ごぜんかいぎ》ということになるのだ。

（こんなに暑くてもマントを身につけなければいけないいなんて……）

控《ひか》えめに言っても地獄《じごく》ではなかろうか？　私は夏物のレースや薄絹《うすぎぬ》を多用したガウンだけど、それでも暑いのに。

どこも窓は全部開け放してあるし、風も通るけれど、暑いものは暑い。

（そういえば、ナディルさまはいつも涼しい顔をなさっておいでですよね）

ナディル様は常に長衣《ちょうい》を身につけている。しかも夏用の布を使っていたとしても、常に長袖だ。

「皆、掛《か》けるが良い」

座《すわ》ることを促《うなが》されてから、全員が席に着く。軍人ばかりのせいだろうか、空気がぴしっと引《ひ》き締《し》まった。

私とナディル様は食堂として使うときの四角い大きなテーブルの上座《かみざ》を向かい合わせに占《し》めた。

そのナディル様側にアングローズ艦長とその副官の青年、ナディル様の護衛を代表してイヴェルト卿が、私側にオストレイ卿とレーヌが座り、その隣に私の護衛を代表してフィノス卿が座った。フィノス卿は怪我《けが》がまだ治りきらないため、護衛としては半人前にしか数えられないと言われ、こういう打ち合わせなどの準備を一手に引き受けていて大変そうだ。

新たに人数分のカップを用意してきたリリアが皆にもお茶を注いで回ると、誰かがほぉっと小さな吐息《といき》を漏《も》らした。御前会議で緊張していたのが、お茶が出ることになって少し気持ちが楽になったのかもしれない。

私達以外の皆のカップやソーサーが金属製なのは、船の備品だからだろう。

「楽にするが良い。ただの連絡《れんらく》会議に過ぎぬ」

「はい」

こういう時、皆を代表して返答するのはアングローズ艦長だ。

私とナディル様は別として、身分上一番位が高いのはオストレイ卿なのだけれど、軍の階級上はたぶんアングローズ艦長の方が上で、かつ、この艦船の上では最上位者だから。

ナディル様はティーカップを手にし、口元へと運ぶ。

私とナディル様が使っている陶器《とうき》のティーカップは、リリア達が私のために持ち込んだものだ。馬車で使っていた銀のカップで私が軽い火傷《やけど》をしたのがよほど許せなかったらしい。

割れるかもしれないリスクよりも私が火傷をしないほうが大事！　というスタンスはありがたいけれど、ちょっと過保護だとも思う。

「アングローズ、ファラダにはどのくらいで到着するか」

焼き菓子の籠《かご》をもってきたリリアに私は皆に二つくらいずつ配るようにと告げる。たぶん、いつものお茶の時間のように皆の目の前に籠を置いて好きにとるようにといっても、誰も手を伸ばさないだろう。同じく籠を持っていたミレディも、リリアが配り始めたのを見て逆側に配る。

「おおよそ五時間をみていただければ……」

「そうか。……航海の記録はとっているか？」

「試験航海と同じく、蒸気機関および環境《かんきょう》、速度、海流等《など》の記録はとっております」

「何か問題はあったか？」

「艦船については問題はほとんどありませんでした…………ただ、夏場に蒸気機関室で運用にあたる水夫《すいふ》達については、待遇《たいぐう》に考慮《こうりょ》が必要かと思います」

（それはそうですよね……）

蒸気機関室なんてサウナですよ、きっと。

「提案があればまとめておくように。ルティア？　何か気付いたことでも？」

「……いえ。機関室はとても暑いことでしょう。こまめな交代もそうですが、航海中でも水分をとれるようにできたら少しは楽になるかと思うのですが」

「水を飲めるようにすればいいのか？」

「はい。……できれば一度沸《わ》かした白湯《さゆ》を。長い航海ですと水もそのままではちょっと……」

「だ、そうだ。アングローズ、可能か？」

「可能です」

艦長は即座に答えた。

「ルティア、他に何か気付いたことがあれば教えてやるがよい」

「塩漬《しおづ》け肉の使い方とか、あとは、保存食の作り方とか……私は、お食事のことくらいしか思いつきません」

「食事か……」

「あと、海軍でも新しい携帯糧食《けいたいりょうしょく》を導入したらどうかと思いました。長い航海をすることの多い海軍の方が、食糧《しょくりょう》事情については切実だと思うのです」

「確かにそうだ。……この戦が終わったら、導入を検討しよう」

アングローズ艦長と副官の人の表情が少し柔らかくなった。

(船の上でだって、美味《おい》しいものを食べたいですよね)

わかります。

「陛下」

アングローズ艦長が改まった表情で呼びかける。

「なんだ」

「可能であれば、どうか王妃殿下に海軍の食糧事情改善のためのご指導をいただきたく思います」

「お願いします」

副官の人が勢いよく頭を下げてテーブルにぶつけたのでびっくりした。

私は、ナディル様の方を窺《うかが》った。

「……騎士団に許して海軍には許さぬという道理《どうり》はないが、すべて、戦が終わってからとする。……ルティア、良いか？」

「はい。私でお役に立てるのでしたら喜んで」

自分にできることがあるのが、嬉しい。より多くの人のためになるのであれば、もっと嬉しいと思う。

「ありがたきお言葉。海軍に所属するすべての者に成り代わり、御礼申《おんれいもう》し上《あ》げます」

私は副官の人の言葉を受け取った、というしるしに小さくうなづいた。

「それと……オストレイ、艦船に乗る前と事情が変わった。王妃を王都に帰すことができなくなった」

「と、おっしゃいますと？」

もしかしたら、ナディル様はオストレイ卿と面識があるのかもしれないな、と思った。オストレイ卿の受け答えからしても、知己《ちき》というほどではないかもしれないが、少なくとも初対面ではないように思う。

「リーフィッドは王妃に献上された王妃の所領《しょりょう》である。ゆえに、王妃は自身の所領のために、戦う者らを激励《げきれい》したいそうだ」

「リーフィッドの状況はそれを許すのでしょうか？」

「我《わ》がダーディニアが優勢であること。また、拠点《きょてん》防衛戦が主《おも》であり、本陣《ほんじん》を構える旧《きゅう》公宮《こうぐう》の外郭《がいかく》にすら帝国が到達《とうたつ》していないことを考えると問題はあるまい。だが、本音を言えば、私個人としては絶対に許したくない」

「それでもお連れになると？」

「……結局のところ、私は王妃の望みには逆らえぬのだ」

にやりとナディル様は笑って、私の方を見た。

(……うそつき！　絶対にそれ、うそですよね！)

私はぎゅうっと手を握《にぎ》りしめる。

だってそのせいでさっきあんなに言い争ったのに！

しかも、逆らえないとか言っているけど、絶対に違う。あの火急の知らせだという紙片に何が書いてあったかは知らないけれど、ナディル様が私の同行を認めたのはあの紙片のせいだ。決して私の望みを叶《かな》えるためではない。

(なのに、私のせいにして！)

本当の理由を言えないからそういう理由にするのが良いのはわかるけど、釈然《しゃくぜん》としない。

(私が、自分のわがままをゴリ押《お》ししているみたいじゃないですか！)

さっきのやりとりの一部を耳にしていたフィノス卿とアングローズ艦長は、何か違うという表情をしてくれているが、知らないオストレイ卿とレーヌは信じ切っている。

結果として私の希望は叶ったのだから、それくらいは許容すべきかもしれないけれど、でもやっぱり口惜《くや》しい。

(この口惜しさをどうしてくれよう)

怒りにも似た感情を覚えるのに……間違いなく利用されているのに、さっきまでのように哀《かな》しくならないのが不思議だった。

(思うに、ナディルさまは机の角に足の小指をぶつけるとか、扉を閉めたら髪を挟んでしまった……みたいなささやかな不幸に見舞われればいいと思うんです!)

私は、そんな罪の無い想像をして、やり場のない気持ちを解消する。

「オストレイ、エクタールへの連絡係として残すのは一個小隊とし、それ以外はすべて王妃の護衛とせよ」

「はっ」

「エレーヌ・ヴィクトリア＝ヴィ＝オストレイ＝デール」

「は、はいっ」

不意にナディル様に名を……それも正式名《フルネーム》で呼ばれて、レーヌは目を白黒させた。ナディル様が己の名を知っているなどと思ってもいなかったのだろう。

(知らないなんてことあるわけないいんですけど……)

レーヌはたとえ臨時であっても私の護衛だ。ナディル様が知らないはずがない。

(ましてや、専属女官となるかもしれないのに……)

「オストレイの副官であることはわかっているが、しばらくは王妃の専属護衛の任を果たせ」

「かしこまりました」

レーヌが深々と頭を下げる。その手が小さく震えていた。

(陛下から直接任務を言いつけられるなんて、一生に一度あるかないかですもんね)

緊張するのは当然なのかもしれない。


それから、ナディル様は幾つかの点を確認し、現在の状況を皆に説明すると、今後の方針を改めて周知した。

私が三杯めの……皆が二杯めの……お茶をいただいてからそれぞれの仕事のために戻ってしまうと、貴賓室の中は途端《とたん》に静かになる。

「……ルティア」

ナディル様が少し改まった声音で私の名を呼んだ。

「はい?」

何の用事なのかわからなくて首を傾げる。

「足が……」

「足?」

「さっきから君が足をぶらつかせて蹴《け》っているのは、テーブルの足ではなく私の足なのだ」

ナディル様はそっと秘密を打ち明けるように静かな声で教えてくれた。

「……も、申し訳ありません」

私は慌てて立ち上がり、でも、慌てたせいでよろめいてナディル様の足《あし》の甲《こう》を思いっきり踏《ふ》んづけてしまった。

「すみませんっ……大丈夫《だいじょうぶ》ですか？」

これは決して故意《こい》ではない。ものすごくわざとらしいかもしれないが、本当に故意ではないのだ。

「ああ……君はそれほど重くないから大丈夫なんだが……」

何だか仕返しされたような気がする、とナディル様が言うので、私は心底心外だという表情で言った。

「まあ、ナディルさまは、何か私に仕返しされるようなことをなさったのですか？」

ナディル様が苦笑《くしょう》して肩《かた》を竦《すく》めたので、私はにっこりととびきりの笑顔《えがお》を浮かべてみせた。

ほんの少しだけ心が強くなったような気がした。

…第二十五章… 戦の中で

アングローズ艦長《かんちょう》がもうすぐファラダに到着《とうちゃく》すると告げに来たのは、あたりが宵闇《よいやみ》に染まり始めた頃《ころ》だった。

河川《かせん》をゆく船は小型のものが多い。そのため、よほどの事情が無い限り夜の航行は避《さ》けるものだ。

ましてやこのレヴァ河においてこの大きさの艦船《ふね》を航行させるのは、前代未聞《ぜんだいみもん》の冒険《ぼうけん》といっていいだろう。安全な航路があるわけではなく、川幅《かわはば》の制限もある。

夜の河川は水面の状況《じょうきょう》がわかりにくく、急激に変化することもある。しかも、上流の状況にも左右されやすい――――海に比べて不測《ふそく》の事態が起こりやすいことは誰《だれ》もが知っていた。

だから、どんなにベテランの船頭であっても夜の川に船を出すのは嫌《いや》がる。

それはもちろん、海軍の最精鋭《さいせいえい》と呼ばれるような軍人であっても同様だ。

それに、試験航行中といえど国王夫妻の乗艦《じょうかん》の栄誉《えいよ》を賜《たま》わっているとあれば、どんな小さな事故も起こすわけにはいかないのだから、何事もなく無事に到着したことで一番安心したのは艦長だったに違いない。


「……ルティア」

「はい」

私は小さなあくびをかみ殺す。地面がゆらゆら揺《ゆ》れているように感じられるのは、私が眠《ねむ》いせいなのか船が揺れているせいなのか判別がつかない。

「……もう降りられるのですか？」

再び地図を見ながら考え込んでいるナディル様の邪魔《じゃま》をしないようにと、窓際《まどぎわ》の長椅子《ながいす》に座《すわ》って外を見ていた私は、半《なか》ばうたた寝《ね》同然にぼんやりと夢とうつつを行き来していたらしい。

そのせいで、艦長が来たことはわかったのだけれど、何を言っているのかがはっきり聞き取れなかった。

「ああ。……眠いのだったら寝てしまって良かったのだぞ」

テーブルの上はすでに片付けが済んでいる。

互《たが》いに言葉を交《か》わさずとも、違《ちが》うことをしていたとしても共にいることができるというのは新たな発見だったし、それでいて気まずさはまったくなかった。

（これって夫婦《ふうふ》として馴染《なじ》んだってことなのかしら？）

「……寝ている間に置いて行かれたら困ります」

「もう、今更《いまさら》置いて行ったりはしない。……むしろ、君が嫌だと言っても連れていくだろう」

私としては大変不本意だが、とナディル様はあんまり感情のこもらない顔で述《の》べた。

「……どうして、百八十度意見が転換《てんかん》したんですか？　あの火急《かきゅう》だという紙片《しへん》には何が書いてありましたの？　差《さ》し支《つか》えなければ教えて下さいませ」

「………君には、話さないといけないだろうな」

ふむ、とナディル様は少し思案するそぶりを見せる。

「………？」

「道があるのだ」

「……みちがある？」

ナディル様が何を言っているのかピンとこなくて、私は首を傾げた。

（……みちって何？）

「秘密の抜け道、のようなものだ」

私がピンと来ていないことがわかったらしいナディル様が言葉を重ねる。

「……ああ『道』ですね」

私はそこでやっとナディル様の言葉の意味がわかって、こくこくと納得《なっとく》の相づちを打った。でも今度は、その『道』と私が同行することの関連性がまったくわからない。

ナディル様もどう説明していいのか迷ったのだろう。少し考えてから口を開いた。

「少し説明が長くなるが聞いてくれ」

「はい」

「イシュトラが参戦したことは君も知っているだろう?」

「はい」

私はこくりとうなづく。

イシュトラはその北方《ほっぽう》の国境をリーフィッドと帝国《ていこく》と接しており、東方の国境を我《わ》が国《くに》と接している。彼《か》の国が参戦したとはいえ、我が国との国境はストール大山脈に阻《はば》まれているので、直接我が国に侵攻《しんこう》することはとても難しい。なので明日にでも即座に攻め込んで来るというようなことはないだろう。

絶対にそれがないと言い切れないのは、かつてストール大山脈を越《こ》えて侵攻してきたイシュトラ王がいるからだ。

ただし、峻峰《しゅんぽう》が聳立《しょうりつ》するストール大山脈を越えるという偉業《いぎょう》を成《な》し遂《と》げたこのイシュトラ王は、我が国に足《ふ》を踏み入《い》れておよそ三日後、ストーリア大平原における戦《いくさ》で大敗を喫《きっ》し戦死している。一説には戦が始まる前に病死していたとも言われていた。

（戦のことはわかりませんが、ストール大山脈を越えた後の侵攻軍に戦う余力がなかったことくらいは私にだって予測がつきます）

ちなみにこの王の後継《こうけい》問題から内乱になり、当時のイシュトラ王国は現在のイシュトラとシュイラムの二か国に分かれたのだ。

「……さすがに、イシュトラは再びストールを越えるような馬鹿《ば か》な真似《ま ね》はしないだろう。おそらく戦場となるのは、リーフィッドだ」

「はい」

「リーフィッドの国土の大半は山岳地帯《さんがくちたい》で、公都ロレイアはスーリア山そのものだとも言われている。このスーリア山の地下に旧統一帝國《ていこく》時代の古《いにしえ》の道が通っている」

「古の道？　それが抜け道なのですか？」

「ああ。伝説によれば土の妖精《ようせい》達が一夜で作りあげた道だという」

「…………本当は誰が作ったのですか？」

『妖精』という単語には注意が必要だと私は知っている。

（私達の祖《そ》である妖精王の姫君《ひめぎみ》――彼女《かのじょ》は、本当は旧統一帝國最後の皇女《こうじょ》なのだと前の陛下《へいか》は言った……だとするならば、土の妖精というのもその関係になるはずだ）

「旧統一帝國の工部の一団だと私は解釈《かいしゃく》している。大学で読んだ古文書にそれらしい記述が幾《いく》つかあった」

「こうぶ？」

「土木・営繕《えいぜん》・建造等を管轄《かんかつ》する一団だ。今では再現不可能な技術を持つ技術者が多くいたのだろうと思う」

「それで？　彼《かれ》らが作った古い道と私に何の関係があるのでしょうか？」

私は首を傾《かし》げた。

「彼らが作り上げた道――スーリア山を貫《つらぬ》く長いトンネルは『月影古道《つきかげこどう》』と呼ばれている。地元では誰もが知っている道だそうだ。……もちろん、自由に使えるわけではない。だが、その道は、帝国、イシュトラ側にも開く門を持つ」

その道と良く似た話を私は知っている……どころか、行ったことがある。

地元の人の間では有名で、旧統一帝國時代のものだと言われていて、迷《まよ》い込《こ》む人がいたりする場所――王宮の地下や王都の地下遺跡《いせき》だ。

「……私、『鍵《かぎ》の姫《ひめ》』として必要とされているのですね」

(万能《ばんのう》キーとか、マスターキーということですね)

「ああ、そうだ」

ナディル様は口元に笑《え》みを浮《う》かべる。

「……門を開けるとか、そういうことなんでしょうか？」

「いや、違う。古の道に興味がないわけではないのだが、今回君を必要としているのは、門を開くためではない。門を閉めるため……あるいは、門を開かせない――利用させないためだ」

　遺跡を戦に利用させない、とナディル様はきっぱりと言う。

「門は開け放たれているのですか？」

「……いや。おそらくは閉まっている。が、地元では誰もが知っているのだ。噂《うわさ》になるくらいには頻繁《ひんぱん》に人が迷い込んでいるのだろう。穴があるのか……もしかしたら、私達が知らない門があるのか。もしくは、どこかの門が何らかの条件で開いてしまうことがあるのだと思う」

　ナディル様は何かを思い出しているような様子だった。

「それを閉める？」

「ああ。……王宮の地下と違って、おそらく番人はいない。もしかしたら、道を歩くだけなら誰でも可能かもしれない。だが、門を閉《と》ざす権利は……」

　そこでナディル様は私を見つめる。

「私ならばできる、と？」

「ああ、できる。……君は『鍵の姫』なのだから」

「……どうやって？」

「君は王宮の地下で石板《せきばん》に触《ふ》れたことがないか？」

「石板………あ……」

そんなことしただろうか？　と思いながらも、気がついた。

触れたことがある。

あの特別な夜――陛下と……前の陛下と最後にお話しした夜に。

「王宮の正面玄関《げんかん》の扉《とびら》よりも大きな扉を開いたことは？」

「……あります。妖精王の御業《みわざ》で作られた扉を模《も》したものだと……」

「そうだ。――『妖精』『精霊《せいれい》』『天の使徒《しと》』などという言葉で言い表されるのは統一帝國の人間だ。……統一帝國の遺跡はすべて繋《つな》がっている。同じ制御《せいぎょ》装置によって制御されているのだ。この古道も例外ではない」

ナディル様の説明に、ぞわりと小さな悪寒《おかん》を感じた。

私には、その言葉の意味がわかる。

(コンピューター制御だとして、そのすべてがインターネットないしそれに類《るい》するもので繋がっているという解釈《かいしやく》でいいのかしら。……で、それが今も生きているってこと？旧統一帝國時代に作られたものがそのまま利用されているとして、ケーブルとかそれに類するものが発見されたとは聞かない……では、無線だとしたらどこかに基地局があるってことかしら？)

「ルティア、君はすでに建国祭での儀式《ぎしき》を経ている——他に何人の登録者があろうとも、君が『御遣《みつか》い』が認める最上位者だ」

「『みつかい』とは何ですか？」

「…………『番人』の上位者であり、制御装置の支配者だ——あるいは、制御装置の一部ではないかと私は思っている」

（それって人工知能とか？　それともロボットみたいなものってことかしら？　すべてが繋がっているのなら、王都でも制御が可能だったのでは？　それとも他に何かの条件があるとか？　わからないことが多過ぎる……）

　コンコンと扉を叩《たた》く音がした。

　肩《かた》が小さく揺れる。

　それほど大きな音ではなかったけれど、ナディル様にばかり意識が向いていたので驚《おどろ》いた。

　どうやらこれ以上、考えを巡《めぐ》らす時間はないらしい。

「入れ」

　ナディル様の許可を得て入ってきたのはリリアだ。

「陛下、妃殿下《ひでんか》。下船の準備が整いました」

美しい仕草で一礼する。

いついかなる時でも、リリアは王宮女官《にょかん》であることを体現しているかのようだった。どこにいても決してその美しいたたずまいが崩《くず》れることはない。

「わかった。……ルティア」

手を差《さ》し伸《の》べられて、当たり前のように自分の手を重ねた。

「ありがとうございます」

いつの間にか、こうしてエスコートされることが当然になっている。

「……あ……」

ぐらりと大きく床《ゆか》が揺れ、甲板《かんぱん》の方で複数の怒声《どせい》が響《ひび》いた。

私は、ナディル様の腕《うで》の中に飛び込むようにして抱《だ》きとめられる。

夜会の席ではないとはいえ低めの踵《かかと》のある靴《くつ》を履《は》いている。そのせいで上手《うま》くバランスをとれなかった。

「え？」

ナディル様がふわりと横抱きに私を抱き上げる。

「……？　ナディルさま、私、大丈夫《だいじょうぶ》です」

「その靴では、こういう不安定な場所では足を痛める恐《おそ》れがある」

ナディル様の表情は大真面目だ。

「もしや、ずっとこの類《たぐい》の靴だったのか？」

「これまでは、踵のまったくないものを履いていましたけれど……たぶん、今はナディルさまがいらっしゃるから……」

ナディル様と私が並ぶから、低めだけど踵のある靴を用意されたのだと思う。一応、船の上が不安定だからということを考慮《こうりょ》して控えめな高さなのだろう。

「……次からは安全を最優先で選ぶように」

ナディル様の苦虫を噛《か》みつぶしたような顔が少しおかしかった。

「はい」

私はおとなしくうなづいて、ナディル様の首に腕を回し、そっと肩口《かたぐち》のショールをひきあげた。ごくごく薄《うす》い絹ではあったけれど、一枚羽織るだけでも違う。ナディル様と触《ふ》れ合《あ》っている部分のぬくもりを、とても温かく感じていた。

季節はもう夏と言ってよかったけれど、風が通ると少し肌寒《はだざむ》い。

（川筋だから涼《すず》しいのかしら？）

そういえば、こちらの世界に来てから熱帯夜というのはほとんどなかったように思う。昼間の熱の名残《なごり》を感じる夜があっても、窓を開ければ風が通るから、眠れないというほどではない。もしかしたら、四季の移ろいがあるといえど、かつての日本よりもそれはずっと緩《ゆる》やかなのかもしれなかった。

ナディル様は、私を腕に抱いたまま甲板へと出た。

外はもうすっかり青い闇《やみ》に染められた夜になっていて、そこここで篝火《かがりび》が焚《た》かれ、足下《あしもと》を明るく照らしていた。

「陛下、こちらです」

護衛騎士が先導する中、タラップを渡《わた》って艀《はしけ》に乗り移る。

ふと対岸に目をやれば、そこには、ぽつりぽつりぽつりと小さな光が灯《とも》っていた。

(ああ、そうか……あれは家の灯《あか》りなんだ)

光の数だけ、そこに生きる人々の営みがある。

揺らめく光の色合いは温かで――――それはもしかしたら、その光の下で生きる人達のぬくもりを感じたせいなのかもしれないと思った。

「出発は明日の早朝になる。夕食は食べられるか?」

私は首を横に振《ふ》った。おなかが減っている感じはしない。

それよりも、安心できるナディル様の腕の中にいるせいで睡魔《すいま》が襲《おそ》ってきている。

「いいえ。申し訳ありませんが、もうこのまま眠ってしまおうと思います」

昨日も随分《ずいぶん》寝たはずなのに、とても眠い。

(まあ、無理もないですよね)

今日は朝から、泣いたり怒《おこ》ったり……ジェットコースター並みに感情のアップダウンが激しかった。こんなに心が忙《いそが》しいこともあまりあるまい。

「そうか……では、もう眠って良いぞ」

私を抱き上げて両手が塞《ふさ》がっていたナディル様は、頭を撫《な》でる代わりなのかそっと頬《ほお》ずりした。

「……大丈夫です」

「無理をせずとも良い。……ファラダの停泊地《ていはくち》はこの規模の艦船を想定していない。艀のこの速度では陸までまだ少し時間を要するだろう」

「……それくらい頑張《がんば》れます」

意地を張る私にナディル様は笑う。

「ここで頑張る必要はない。……明日からは昼夜を問わぬ強行軍になるのだから、今のうちに眠っておけ」

「……では、お言葉に甘《あま》えます」

不本意な気持ちもあったけれど、本当に眠くてどうしようもなかったので、頼《たよ》りになる腕に身を委《ゆだ》ねて目を閉じた。

艀がゆらゆらと揺れているので、より眠りを誘《さそ》われている気がした。

「……すまない」

ナディル様が耳元で囁《ささや》く。何を謝《あやま》っているのかよくわからない。

「……あんな風に王都に帰れと言っておきながら、本当は離《はな》れないで済むことを……君をこのまま連れて行けることを嬉《うれ》しく思っているのだ……矛盾《むじゅん》しているな」

柔《やわ》らかな響きが、耳に心地《ここち》よく溶《と》けてゆく。

そっと目元に、額に、ぬくもりが触れる。

(……もしかして、これ、夢なのかしら?)

だって、あまりにも私に都合が良過ぎる気がする。

(ナディルさまがこんなことを言うなんてちょっと驚くけど……)

嬉しいから良いかな、と思う。たぶん、夢だけど。

(でも……別に夢でもいいんじゃないかしら?)

特に問題があるわけではないし、誰かに被害《ひがい》が及《およ》ぶわけでもない——ただ、私が嬉しいだけの夢だ。

(起きても、覚えていられるといいのだけれど……)

こんな素敵《すてき》な夢を忘れたくないと思った。

(……また、違う天井《てんじょう》です)

美しい寄せ木のモザイクで飾《かざ》られた天蓋《てんがい》に、柔らかな萌葱色《もえぎいろ》の薄絹《うすぎぬ》が翻《ひるがえ》る。最近、目覚めるたびに違う天井を見ている気がする。

「おはようございます、王妃殿下」

まるで私が目覚めるのを見張っていたようなタイミングで、ミレディが洗面ボウルを運んできた。

(出来る女官って、こういうとこありますよね)

リリアもそうだけど、まるで先回りするようにいろいろなことが目の前を流れてゆく。

私は流れを止めないように動けばいい。だいたい、それほど難しいことではない。

これきっと、ナディに言ったら絶対に賛成してもらえる『女官あるある』だ。

「おはよう、ミレディ。……ここはどこなのかしら?」

ここはファラダのはずだから、ミレディの家なのかな? とも考えたけれど、室内の雰《ふん》囲気《いき》がややそっけない感じがする――毎日使われている物特有の使い込まれたお馴《な》染《じ》み感がない。

「ああ……。こちらは公館の貴賓室《きひんしつ》になります。……私の実家は牧場のあちら側なので、お泊《と》まりいただくには少し不便なのです」

「そうなの。残念だわ」

「お帰りの時にはぜひ、と思うのですけれど、そのあたりは陛下のご意向次第《しだい》ですね……

あ、王妃殿下に教えていただいたジャーキーや燻製《くんせい》ハムなどの試作品を受け取りましたので、旅の道中で確認《かくにん》していただけたらと思います」

「ミレディも来るの？」

「もちろんです。私、馬の扱《あつか》いは大概《たいがい》の殿方《とのがた》より慣れておりますので……王妃殿下をお乗せすることもできますから」

「そう。……リリアは馬には乗れるのかしら？」

「リリア様は、乗れないわけではないですが行軍について行くには覚束《おぼつか》ないということで、ここから王都にお戻《もど》りになります」

「………そう」

リリアがいなくなると、ちょっと大変かもしれない。

「その代わり、レーヌ様が臨時の専属女官として側付《そばづ》きになりますので、未熟《みじゅく》ながら、私がリリア様の代わりを務めさせていただきます」

レーヌの役目は主《おも》に護衛ということなのだろう。

「ありがとう、ミレディ。よろしくね」

「はい。力の限り」

私達は顔を見合わせて笑った。ミレディが改まった言い方をしたのがおかしかったのだ。

いつもよりずっと早い目覚めだったけれど、すごく頭がすっきりしている。

大きく伸びをしてみれば、何だか身体《からだ》も軽かった。

「……どうかいたしました？」

「すごくすっきりしていて……不思議な気持ちなの。覚えは全然ないんだけど、嬉しいことがあった時に似ているというか……」

言っていて、自分でもよくわからなかった。

「嬉しいこと、ですか？」

「うん。……良い夢を見たのかもしれない。覚えていないけど」

「それは残念ですね」

「ええ。……でも、嬉しい気持ちの輪郭《りんかく》みたいなものが私の中に残っているから……今日はいいことがあるんじゃないかなって思える」

おかしいわね、覚えていないのに、と笑うと、ミレディはおかしくありません、と笑い返してくれる。

「覚えていなくても、気持ちの張りが違いますわ」

ミレディの持ってきてくれた洗面ボウルで顔を洗い、化粧水《けしょうすい》で肌《はだ》を整えた。

「お着替えはこちらになります。私の弟の幼いときのものなのですが………」

幾つかの箱が積まれていた。

何か既視感《きしかん》がある。

（……えーと、あれです。前にフィル＝リンが箱をいっぱい持ってきた時とそっくりです）

「男装《だんそう》、ですか？」

「はい。……この先は、軍事行動になるそうです。私達は先発の騎馬隊《きばたい》と共に参ります。馬車は使えません。全員が馬で駆《か》け抜《ぬ》けることになります」

「ガウン姿などもってのほか、ということですね」

「はい。荷物は極力後発の輸送隊に任せる、ということなので、王妃殿下のお着替えなどもほとんど持って行けません」

「大丈夫。多少のことは我慢《がまん》します。……私のわがままで同行をお許しいただいたのですから」

（本当は、違いますけど！）

でもそういうことにしておく。今朝は気分がいいからそれでいいのだと思える。

「こういう時って何を一番に優先するのかしら？」

「どういう意味ですか？」

「荷物とかが制限されるときに必要な大切なものって何かしらって思ったの」

「……まずは食べ物ですね。携帯糧食はなるべく身につけておきます」

ミレディの言葉には実感がこもっている。

「それから、男性はあんまり気にしないんですが、下着類だけは忘れないことです」

「はい。私も何か持つべきかしら？」

「特にありませんが、ご自身でどうしても手離《てばな》したくないものだけお持ちください」

そう言われても何も思いつかなかった。

（ガウンや宝飾品《ほうしょくひん》や、そういうものは別にいらないですよね……だとすると、何が必要でしょうか？　万が一、自分が身一つではぐれた時に必要なものって考えたらいいのかな……）

はぐれる予定はないし、たぶん、ナディル様がそんなこと絶対にさせないと自信をもって言えるけれど、その線で持ち物を決めることにした。

早立ちをするためいつものように朝の時間は過ごせないと聞いたので、私は少年用の乗馬服に着替えてから厨房《ちゅうぼう》を借りた。

「ミレディ、ここの食料庫《こ》は素晴《すば》らしいわ。王宮のほうがもちろん種類は豊富なのだけれど、新鮮《しんせん》さが違うもの」

「ありがとうございます。皆《みな》が喜びます」

「チーズの品質も、ジャムの新鮮さもとても素晴らしいわ」

「王妃殿下のおかげです。……王宮で王妃殿下と一緒《いっしょ》に作らせていただいておりますから、それを実家の者に教えて作らせているんです。ジャムや酢《す》漬《づ》け、それから果実酒に燻製……全部、王妃殿下のおかげで作られるようになったファラダの特産品です」

「たくさん作って、皆が美味《おい》しいものを食べられるようになると素敵ね」

そうすれば、私がちょっとくらい贅沢《ぜいたく》しても心が痛まないわ、と言うと、ミレディは堪《こら》えきれないという様子で笑った。

「……陛下はお幸せですね、王妃殿下のような方が奥様《おくさま》で」

「なぁに？　突然《とつぜん》」

「私もいい加減、婚約破棄《こんやくはき》問題に決着をつけたいのです。……別に彼を嫌《きら》っているわけではないのですが、身分違いだと言われ続けるのはうんざりなので……」

「あら、別に結婚《けっこん》したくないというわけではないのね？」

「はい。……私も貴族の家の娘《むすめ》ですから、政略《せいりゃく》結婚は承知《しょうち》の上《うえ》です。ただ、我《わ》が家《や》の者は私がどこかに輿入《こしい》れしてもたらす利益よりも、私が王妃殿下の女官として勤め続けるほうが利益をもたらすということがわかりましたので、結婚はしなくても良いと言うようになっていまして……」

にっこりと笑うミレディのその笑顔《えがお》には、何かこう強い意志のようなものが垣間見《かいまみ》える。

（前にリリアもこんな表情をしていたっけ…………）

これも王宮女官あるあるなのかもしれない。

「……王妃殿下、それだけでよろしいのですか？」

「ええ。パンにバターを塗《ぬ》って、焼いた腸詰《ちょうづ》めとチーズを挟《はさ》むだけです。今すぐできたてをいただくならトマトソースやマスタードソースをぬるところですけれど、持って行きますからこのままで」

簡単お手軽なファストフードとして、チーズホットドックを作った。

ミレディの実家で作ったこの腸詰めは、ハーブがきいているので普通《ふつう》の腸詰めより長持ちするし、それだけで食べても充分《じゅうぶん》味が付いているからケチャップやマスタードがなくても全然平気だと思う。

「ちょっとお行儀《ぎょうぎ》悪いですけれど、私達の分は作りながらいただきましょう」

手早く作ったものの真ん中に包丁《ほうちょう》をいれて、半分をミレディに渡す。

「どうぞ、召《め》し上《あ》がれ」

「いただきます」

もちろん、私も残る半分にかぶりつく。

「どうせ、ナディルさまのことだから朝ご飯は食べていないと思うのです」

「………そうですね」

ミレディにも納得《なっとく》されるのが、ナディル様のいつもの日常というものだ。

最悪、ホットドッグなら馬上でも食べられるのでは？　と考えたのだけど、危ないからできればそれはしてほしくない。

「こんなに簡単なのに、美味しいですね」

「腸詰めが美味しいからですよ。あと、パンも。このパン、皮はパリッとしているのに中がもっちりしていて最高です」

「おなかにたまるパンなんです。……美味しくなったのは王妃殿下のおかげです」

「……そんなに私のおかげばっかりなわけないじゃないですか」

褒《ほ》めすぎですよ、というとミレディは真顔で首を横に振った。

「いいえ、本当なんです。昔はこのパン、もっと不味《まず》くて……それで王妃殿下からいただいた酵母《こうぼ》を使って焼くようになったら、こんな風にもっちりするようになって……」

「ああ……なるほど」

酵母の違いは大きい。物によっては劇的に変わる。でも、ここまで美味しいパンにするにはさまざまな試行錯誤《しこうさくご》があったに違いない。

焼いた腸詰めは嚙むとジュワッと良質な脂《あぶら》が口の中にあふれ、中に入っている香草《こうそう》が肉の味をひきたててくれる。

「この腸詰めを燻製にすると、また、保存期間が延びますね」

「試《ため》させます！」

ミレディが少し食い気味に身を乗り出した。

「燻製にするときの木のチップの種類などで保存できる期間が変わるかも調べてください。あとは、腸詰めにするときの香草の違いでも比べたいですし、肉にいれる塩や香辛料《こうしんりょう》の違いなどでも比べたいですね」

「お任せ下さいませ。……ハムの時と同じように調べさせますので」

「ええ、ありがとう」

最後に香草を浮かせた白湯《さゆ》を飲む。水筒《すいとう》には同じく香草で沸《わ》かした湯を詰《つ》めた。そこに絞《しぼ》った檸檬《れもん》と少しの砂糖と塩を加えたのは、スポーツドリンク的なものをイメージしたせいだ。

（熱射病《ねつしゃびょう》に気をつけないと……）

私を連れているだけで自然と、こまめに休憩《きゅうけい》を取ることになるだろうけれど、それでも一番に気をつけないといけないのは私だろうなと思う。

（一番体力がないですもんね……）

「ミレディ、水分はこまめにとってくださいね」

「はい。……でも、慣れている人間は馬の上でも水くらい飲めるんですよ」

「そうなんですか」

感心していた私は、この後の強行軍がどれほど過酷《かこく》なものかをまったく知らなかった。


「レーヌ！」

「王妃殿下、おはようございます」

「おはよう」

ミレディに連れられて馬場へと行くと、すでに皆が出立の準備を進めていた。

「しばらくの間、よろしくお願いします」

「はい。……我《わ》が身《み》に代えてもお守りいたします」

「ありがとう」

背筋をびしっと伸ばした綺麗《きれい》な礼に、目がひきつけられた。

軍人であるレーヌは、リリアやミレディ達とはまた違った美しい動作をする。

「ルティア」

名を、呼ばれた。

「……ナディルさま」

ただそれだけで、自然に笑みがこぼれる。

(ほんと、単純ですね、私)

でも、これはもう仕方ないと思う。

たぶん私は、ナディル様が側に居るだけで嬉しくなるし、幸せを感じてしまうだろう。

(そういうのって理屈《りくつ》じゃないんですよね)

説明なんてできないし、誰かに理解してもらおうとも思っていない。

私達はそっと互いの頰《ほお》にキスを交わした。

周囲が一瞬《いっしゅん》静まりかえったけれど、私もナディル様も気にしなかったし、ミレディはいつものことだと受け流し、レーヌは少し頰を染めて照れていた。

(なんでレーヌが照れるのかわからないんですけど!)

「おはようございます、ナディルさま。朝食はちゃんと召し上がりました？」

「………」

ナディル様は無言で視線を逸《そ》らす。

「そんなことだろうと思いました。駄目《だめ》ですよ、朝はちゃんと召し上がらないと！　これ、どうぞ」

お行儀悪いですけれど、立っても食べられますよ、と油紙に包んだホットドッグを渡した。

「これは？」

「パンに腸詰めを挟んだものです。簡単なものですけど、なかなかいけますよ」

「ナカナカイケルのか」

「はい」

たぶんナディル様はあんまり言葉の意味がわかっていなかったと思う。

護衛騎士が私がナディル様に渡した包みを受け取ろうとしたけれど、ナディル様はそれを断ってそのまま口にした。

「…………美味《うま》い」

「おなかが減っているからですよ。……まだ朝食を召し上がっていない方はどうぞ、召し上がってください」

ミレディが、手にしていた籠《かご》をそばにあった樽《たる》の上にのせた。

わっと皆が駆《か》け寄《よ》ってくる。

「……ナディルさま、ご自分が朝食を召し上がらなくても大丈夫だからって、まさか皆にも付き合わせたんですか？」

「いや、そんなことはしていないが……」

「いいえ、王妃殿下。単純に食べる時間がなかっただけなんです。まあ、馬の上で携帯《けいたい》糧食《りょうしょく》齧《かじ》っていれば何とかなるんで」

少し離れたところにいたオストレイ卿が言った。

私は思わずナディル様を見上げる。

「ナディルさま！」

その名を呼ぶ響きに非難《ひなん》の色が混じったのは当然だと思う。

「……ルティア、軍事行動上はどうしようもないことがあるのだ」

ナディル様は真剣《しんけん》な表情で言う。

でも、実際数を作るのには時間がかかるけれど、作るのとは違って食べる時間なんてほんの十分足らずだ。その十分も節約しなければいけないほどなのだろうか？

（たぶん、作るのは料理人でしょうし……）

「ナディルさま？」

「…………」

「本当に？」

「…………」

「……ナディルさま？」

私は首を傾げる。

「……善処《ぜんしょ》しよう」

真面目な表情のナディル様は重々しく言った。

「はい」

私は満足の笑みを浮かべてうなづく。

(こういうのを私のわがままと言われるのならば、わがままでいいのです)

そう。まったく問題ない。

私の笑顔を見たナディル様は、ぽんぽんと私の頭を軽く叩いてからそーっと撫でた。

「行こうか」

「はい」

ナディル様に手を取られて、やや大きな体軀《たいく》の馬に近寄った。

(大きい……)

私が小さいせいもあるけれど、この青毛の馬は他の馬より大きいようだった。

ブルルルルと鼻を鳴らす。

でも、怖《こわ》いという感じは全然しなかった。

(麻耶《まや》が幼い頃に暮らしていたところは牧場の町だったんですよね)

競走馬の生産牧場がたくさんある町だった。

あまりにも遠い記憶《きおく》過ぎてほとんど覚えていないのだけれど、馬を怖いとは思わない。

鐙《あぶみ》に足をかけ、ひらりと馬に乗ったナディル様は、上から私に手を差し伸《の》べる。

「ルティア、おいで」

「はい」

鞍《くら》の上にひっぱり上げられた。

「ここに摑まっていなさい」

やや煌《きら》びやかな装飾《そうしょく》の鞍の前に、私が摑まることのできる場所がある。

「これは、二人乗り用の鞍だ」

「そんなものがあるのですね」

「ああ」

鞍の前に横乗りをしてナディル様の腕の中に抱《だ》き込《こ》まれるよりも、私もちゃんとまたがって腕の中に抱き込まれている方が体力の消耗《しょうもう》が防げるだろう、とナディル様は言う。

（体力の消耗って……そんなに過酷なの？）

私はまたがる位置を少しずらし、私用につけられた二つ目の簡易な鐙に足をかけた。

「……寝れるようだったら寝ていても良い…………いや寝ていた方が良いかもしれぬ」

「そんなこと……」

「大の男でも音《ね》を上げる強行軍になる」

ナディル様の真顔に、私は表情を引《ひ》き締《し》めた。

「怖くはないか？」

「はい。……馬を怖いとは思いません。それに、二度目ですし……」

「二度目？」

「はい。アル・バイゼルでフィノス卿《きょう》に乗せていただいたんです」

「…………そうか」

ヒヤッとする声音《こわね》にあっと気付いた。

（そうだ！　内緒《ないしょ》にしてほしいって言われていたっけ！）

初めてじゃないことがいけないのかな？　と思って言い訳を試みた。

「あの、全然こういうのと違っていましたよ。えーと横座《よこずわ》りでのんびりお散歩するみたいな感じでしたから、こういうのは初めてです！」

思わず必死に、「こういうのはナディル様が初めてですよ」アピールをした。

「…………すまない」

反応はイマイチ芳《かんば》しくない。

（えーっ、何が駄目なんですか？　これ）

「ナディルさまとご一緒するのは初めてなので、楽しみです」

早く行きましょう、と、私はナディル様に甘えるように寄りかかる。

「……舌を噛まないように」

「え？」

ナディル様の合図で馬は歩き出し、あっという間に駆《か》け足《あし》になる。

「速度をあげるぞ」

「はいっ」

怖い、と思ったけれど、私はがっちりとナディル様の腕の中に抱き込まれている。

（たぶん、この方が馬にも余計な負担がかからないんですよね）

最初は試すように走らせていたナディル様だったけれど、すぐに速度をあげ、前後の護衛達との距離《きより》を適切にとれるようになった。

（これが、正しい行軍速度なんですね）

景色があっという間に目の前から流れてゆく。

ずっと見ていると何だか酔《よ》いそうだなと思ったので、振《ふ》り落《お》とされない程度に摑まりながらもやや身体から力を抜《ぬ》くようにして空を見ていることにした。

「……ルティアは、馬に乗るのが上手いな」

「そうですか？」

「無駄《むだ》な力が入っていない」

「……それは、乗るのが上手《じょうず》なわけではなくて、単にナディルさまを信じているだけです」

「私を、信じる？」

「はい。ナディルさまは絶対に私を守ってくださるという信頼《しんらい》です」

「………そうか」

何だか照れている空気が感じられたので、私はそれ以上何も言わなかった。
別に自分も照れくさくなってしまったから、というわけではない……たぶん。

第二十六章　長い夜の始まり

パチパチと音がしていた。
（どこかで聞いたことのある、音《おと》……）
どこで聞いたのだろう？　と思いながら、暖かなぬくもりにすがりついた。
（このままずっとぬくぬくしていたい……）
お風呂《ふろ》に入っているみたいだなぁ、なんて思いながら、あれ？　と違和感《いわかん》を覚えた。
（お風呂？　……そんなわけない……）
だって、行軍中のはずなのに！
ぱっと何かが切《き》り替《か》わるように目が覚めた。
目の前には小さな焚《た》き火《び》があって、暗闇《くらやみ》の中に焔《ほのお》が踊《おど》っている。
聞いたことのあるパチパチした音は、木の爆《は》ぜる音だった。
「目が覚めたか？」
ぬくぬくの元は、ナディル様だ。私を背後から抱《だ》きかかえてくれていた。

（あれ？　ものすごく密着《みっちゃく》してる？　でも、馬に乗ってるときもこんな感じでしたよね？）

ならば別にいいか、と納得《なっとく》してしまったのは、たぶん、寝起《ねお》きで頭が回っていなかったせいだ。

ファラダを出たその日は、まだ口を開く元気があった。

すごく少なかったけれど昼食もちゃんととったし、少ないながらもナディル様と言葉を交わしたし、夜も自分で馬から下りた記憶《きおく》がある。

本陣代わりの簡易天幕《てんまく》で毛布にくるまって眠ったことも覚えている。

（でも……）

天幕の中で目覚めて、携帯糧食《けいたいりょうしょく》の朝食をとり、馬に乗ってからの二日めの記憶がぷっつりと途切れている。

「…………はい。私、眠《ねむ》ってしまったのですね」

たぶん今はファラダを出て二度目の夜で、目が覚めると、焚き火の前に二人きりだった。

夏といえど夜の空気はひんやりとしている。ナディル様は眠ってしまった私を案じてご自分のマントで包《つつ》んでくれていたらしい。

（なるほど、ぬくぬくなわけです）

ぬくもりから離《はな》れがたいし、ナディル様の腕《うで》の中なら安全だとわかっているし、目が覚

めても私はこの場所から動く気がまったくなかった。

「眠ったと言うよりは、疲労のあまり意識を失ったのだと思う。君が意識を失っている間に距離を稼《かせ》いで予定よりやや早めに進んでいる。今は皆、それぞれ身体《からだ》を休めたり、食事をとったりしている……今夜はここで野営の予定だ」

なるほど、注意深く耳を澄ませば、人の気配もするし話し声も聞こえる。

「………ミレディとレーヌはどうしたでしょう？」

「君の護衛は私が請《う》け負《お》うからと、どちらも休ませた。よく付いてきているが、女性には厳しい行程だからな」

「そうですか……お気遣《きづか》いありがとうございます」

休めているのなら良かった、と思った。

「……あまり入らないかもしれないが、少しは口にしなさい」

ナディル様は、ごそごそとマントの内側の隠しから緑色の缶の携帯糧食を出して、私の手に握らせる。肉や魚の入っていないこの缶は、特に女性に人気があると聞いた。

(私のためにわざわざこの缶を選んでくれたのかな？)

そう思ったら何だか心がほっこりとした。

「すみません、お荷物になってしまって……」

私の謝罪にナディル様は首を横に振った。

「いや……謝《あやま》るのは私だ。本来、こんな風に扱《あつか》われるべきではない君に強行軍を強《し》いている。……すまない」

「いいえ、それについては全然問題なくて。ほんと、体力ないな～とか、ふがいないな～とは思うのですが、たぶん私がどんなに鍛《きた》えてもこの行軍についていけるほどの体力はつかないな、とも思っています。だから謝らないでください」

「そもそも、君の血筋はあまり丈夫《じょうぶ》には生まれない。……エルゼヴェルトとはそういうものだ」

「でも、私の父である公爵《こうしゃく》は結構丈夫ですし、エルゼヴェルトからは東方《とうほう》将軍が度々《たびたび》出ていますよね？」

　エルゼヴェルト公爵家は数代おきに東方師団《しだん》の師団長――東方将軍を輩出《はいしゅつ》している。必ずしも当主というわけではないし、家柄《いえがら》補正があるにしても、それなりの能力がなくばその地位に至ることは難しいだろう。

　逆にどれほど家柄が良かったとしても、将軍職は、ポッと出の者が就《つ》けるようなお飾《かざ》りの名誉職《めいよしょく》ではないので、当然、軍の修練や訓練も積み重ねているはずだ。病弱だったり虚《きょ》弱《じゃく》だったりではやっていけないと思う。

「……以前も話したかもしれないが、エルゼヴェルトにもいろいろいる。……アレは丈夫な方のエルゼヴェルトだ」

公爵のことを何と呼ぼうか少し考えたナディル様は、結局、『アレ』と呼ぶことにしたらしい。

（私の父とも呼びたくないんですね……）

「丈夫な方のエルゼヴェルトって言い方が面白《おもしろ》いですね」

その例で言うのならば、私は『虚弱な方のエルゼヴェルト』ということになるのだろう。

「真面目《まじめ》に話すとすれば……アレは、母親が王女ではない。つまり、エルゼヴェルトの血が薄《うす》いということだ。そのため、虚弱さを受《う》け継《つ》ぐことなく成長したのだろう」

「……私は母からもエルゼヴェルトの血を受け継いでいるから、やや弱い、ということですか」

エルゼヴェルトを母にも妻にも持たぬ王はいない、と言われるほどに王家とエルゼヴェルトの血は近しい。

つまり、逆もまた然《しか》り、ということだ。

エルゼヴェルト公爵の母か妻は……あるいはその両方が王女である確率はとても高い。王女が生まれれば、まずエルゼヴェルト公爵家に降嫁《こうか》することが暗黙《あんもく》の了解《りようかい》になっている。もし、年齢《ねんれい》の釣《つ》り合《あ》う王女がいなかった場合は、『王族《ディア》』の称号《しようごう》を持つ者が妻となる。

私が知る限り、『王族』の称号すら持たぬ母から生まれたエルゼヴェルト公爵は、現公爵だけだ。

「そうだ。……そういう意味では、グラーシェス公爵夫人《こうしやくふじん》も母が王女ではなかったから健康なのだとも言えるかもしれない」

（でも、エレーヌさまのお母さまは王女ではなくとも『王族』ではあるんですよね）

血の濃さが虚弱さの遠因《えんいん》であることはほぼ間違いないので、エルゼヴェルト公爵家は婚姻について見直した方がいいと思わないでもない。

（……でも、そうすると『鍵の姫』が消えるかもしれないわけで……）

『鍵の姫』とは、統一帝國《とういつていこく》の最後の皇女《こうじょ》の血をひく直系女児《じょじ》そのものを指すわけではない。

今回私が求められているようなマスターキーとなれる者を指すのだと思う。

（それは、最後の皇女の血をひく女児にしか遺伝しない何らかの形質、あるいは遺伝子《いでんし》を鍵としている）

それを確実に遺伝させるためのルールが、エルゼヴェルト公爵家や王家の厳しい婚姻規定なのだ。

（……………健康か、国か、というのは、なかなか悩ましい問題ですよね）

私がそのままこの国《ダーディニア》とイコールなのだとナディル様が言う意味がよくわかる。

ナディル様は、手にしていた木の枝で灰を掻《か》き、枯《か》れ木を足し、器用に焚き火を調節した。それをぼーっと見ていると深刻に考えていたことがそれほどではないような気がして少し気楽になった。

風に吹かれて揺れた焔《ほのお》を見誤ったのか、ひらひら飛んでいた羽虫が焔に羽を舐《な》められ、火の中に落ちる。

「――――確か、父は元は庶子《しょし》であったのだと聞きました」

「ああ。先代公爵はできるだけ正しくエルゼヴェルトの血をひく世継《よつ》ぎを得ようとしていたが、結局、成長できたのは愛妾《あいしょう》の産んだアレだけだった。……自身に子はもうできぬ、と思ったために少々の無理をして愛妾を後添《のちぞ》えとし、アレを嫡子《ちゃくし》になおしたのだ。エルゼヴェルト公爵位を空位《くうい》にはできぬからな。……だからこそ、アレには正しくエルゼヴェルトの血を持つ妻が必要だった」

『正しいエルゼヴェルトの血』とは『鍵《かぎ》の姫《ひめ》』を生み出す血のことだ。

（お母様はそのために必要とされた……）

「……………ずっと、疑問に思っていたことがあるのです」

「なんだ？」

「公爵にはお母さまが必要な理由がありました。そして、お母さまは『鍵の姫』でした。なのに、なぜ公爵はルシエラ夫人を優先したのでしょう？　私は、ずっと、ルシエラ夫人を愛しているからなのだと思っていました……」

でも、本当にそうなのだろうか？

ルシエラ夫人を知った今、その疑問は大きくなるばかりだ。

「違《ちが》うのか？」

「…………ナディルさまは、ルシエラ夫人を知っていますか？」

「……経歴とこれまでにしでかした幾《いく》つかのことくらいは。人となりを知っているかと言われたら、ほとんど知らない。知りたいと思ったことも、興味を持ったこともないからな」

おもしろくなさそうにナディル様は答えた。

「言葉を飾《かざ》らずに言えば、ルシエラ夫人は……何も知らない人形でした――かつての私と同じように」

私はあえて刺《さ》さりやすい言葉を選んだ。ナディル様に届くように。

「人形、か…………」

私を抱《かか》え込《こ》むナディル様の手に少しだけ力がこもる。

「中身はまるで違いましたが――私が心を閉ざして人形のようになってしまったのに対し、ルシエラ夫人は、何も知らない……知らされることのない、ただ、公爵のためだけに存在し、愛玩《あいがん》されるだけの人形でした」

「好みもあったのかもしれないが、何も知らない人形だからこそ、愛することができたのかもしれない」

皮肉げな響《ひび》きが言葉の端々《はしばし》からこぼれる。

（ほんと、公爵のことがお嫌《きら》いですよね）

「それは本当に愛しているということなのでしょうか？」

「私はアレではないから、わからない……わかりたくもない。だが、アレの愛はそういうものなのだと言うのならば、私達の関知するところではないだろう」

ナディル様はどこまでも冷ややかだ。

そして、私が付け入る隙《すき》を与《あた》えてくれない。

(ならば、小細工しないで正面から正直に当たる方がいい)

他に手段がないとも言える。

「……ナディルさま」

私は慎重《しんちょう》に呼びかけた。

少し身体《からだ》をひねって、背後のナディル様と目を合わせる。

「何か？」

「……知らずに罪《つみ》を犯《おか》してしまったルシエラ夫人を、減刑《げんけい》することはできないでしょうか？」

本当に彼女《かのじょ》は何も知らないのだ——自分が為《な》したことの意味も、自分が何を引き起こしてしまったのかも。

「——ルティア、大逆《たいぎゃく》の罪が減刑されることはない」

「でも、あの方は何も知らないのです」

わかってほしい、知ってほしいと念じながらナディル様の瞳《ひとみ》を見返した。

「知らないことが、罪だ」

無知《むち》であることが罪なのだとナディル様は言う。

「でも、それは公爵のせいなのです……」

「……公爵が彼女を何も知らない人形にしたことが事実であったとしても、彼女が犯《おか》した罪がなくなるわけではない」

ナディル様は冷静で、その言葉に何ら私的な感情は含《ふく》まれていない。

ルシエラ夫人をどう思っているかはわからないけれど、ナディル様はここでそれを見せたりしない。

「ルティア、君が彼女を憐《あわ》れに思ったことはわかる……公爵が彼女を人形であれとし、それゆえに今の彼女となり、罪と知らぬままに大逆を犯したのであれば、それは確かに憐れなことだろう。だが、哀《あわ》れみで罪を減じることはできない」

ナディル様は、私が半《なか》ばわかっていた事実をまっすぐに突《つ》きつける。

(定められた法を、情で破ってはならないのだ)

「でもっ……でも、彼女はやっとわかりはじめたのに……」

私はナディル様の腕の中でさらに体勢をかえ、ナディル様に向き直って訴《うった》える。

「遅《おそ》すぎたのだ。……本来、公爵夫人となった時に、わかっていなければならないことだ」

「でも、それは彼女だけのせいではなくて……」

「公爵夫人という高位の身でありながら無知であり続けたことは罪だ。君はそれを彼女だけのせいではないと言うが、自分から知ろうとしなかった愚《おろ》かしさも罪だろう――もっとも罪深いのは、エルゼヴェルト公爵だということは私もわかっている。だが、彼女が犯した罪は大逆だ」

「……操《あやつ》り人形が犯した罪も、罪ですか？」

ずっと問いたかったことを尋《たず》ねた。

「罪だ。……君は操り人形はただの道具だと言うのかもしれない……使われた道具に罪はないのだと。……だがルティア、残念ながら、彼女は公爵夫人という名を持った人形であったのだ……その名がなくば起こらなかっただろう悲劇がある」

「でも、ナディルさま……」

泣き落としをしてでも……と考えていた。でも今は、泣くまいと思っている。泣いてはいけない、と。

なのに、目の縁《ふち》から水がこぼれる。ポロポロと雫《しずく》が頬《ほお》を流れていく。自分ではそれが止められなかった。

ナディル様が私に手を伸《の》ばす――その指が、水滴《すいてき》を拭《ぬぐ》った。

「……命があるだけで良《い》いのです。生きてさえいれば、いつかきっと己《おのれ》の罪を理解できます」

「…………」

「何も知らないまま、何も理解しないまま、彼女を終わりにしないでください」

「…………」

「名前を失《な》くしても、過去のすべてをなくしても、己の身以外の何も残らなかったとしても……命を救ってはいただけませんか？」

「それを彼女が望むだろうか？　彼女は貴族として死ぬほうが幸せではないだろうか？」

「…………私は彼女に、己の罪を理解してほしいのです」

死んで、それで終わりにしてほしくない。

「……機会をいただけませんか？　聖堂で祈《いの》りを捧《ささ》げる一生を送ることはできませんか？」

暗《あん》にエオル様のように名もなき修道の人となることで、生きることだけは許してほしいのだと訴えた。

「ルティア……過去の大逆と、今回とではその性質が違う。違うがゆえに、私は君の言葉にうなづくことができない」

「どういうことですか？」

「あの事件の概要《がいよう》を最も簡単に言うのなら、壮大《そうだい》な兄弟喧嘩《きょうだいげんか》を拗《こじ》らせたものだ」

「……はい」

私はあの時のことを脳裏《のうり》に甦《よみがえ》らせながら、その言葉にうなづく。

いささか表現が軽すぎる気がしないでもないが、間違《まちが》いではない。

「兄弟喧嘩ではあっても、その一方が国王であればそれは大逆だ」

「はい」

「ただ幸いなことと言っていいのかはわからないが、あれの被害《ひがい》に遭《あ》ったのは私と君とエレーヌ公爵妃《こうしやくひ》で、被害者は誰も死んでいない。実行犯は私達が罰《ばつ》する前に番人の手で死を与えられている。その他の死者も完全なる被害者は一人もいない」

「はい」

死を賜った者もいるが、加害者かそちらに属《ぞく》する者だった。

「大逆とはいえ、身内の不祥事《ふしようじ》にすぎぬ。だから、すべてを捨てて一度死ぬことができるならそれで良かった」

私の一存で許すことができた、とナディル様は言う。

「同じ事を彼女に許すことはできませんか？」

「できない。…………己の罪を理解していない彼女に同じ事はできぬ。私は彼女が名も無き市井《しせい》の人として暮らすことができるとは思えない。知らぬまま、また罪を犯さないとどうして言える？　また再び、知らぬまま唆《そそのか》されぬとは言い切れまい」

「…………はい」

哀《かな》しいことに、そんなことはないと言うには、私は彼女のことを知らなすぎた。

「それに、何よりも……彼女は私個人ではなく国家に対して――このダーディニアに対して弓引いたのだ。彼女を許してはこの国の根幹《こんかん》が揺《ゆ》らぐ」

すまぬ、とナディル様は頭を下げた。

「……君の望みを叶《かな》えることができない」

「………はい」

私は目元からあふれる雫を止めることができないまま、小さくうなづく。

「温情《おんじょう》をかけることができるとすれば、貴族として死なせてやることだけだ」

「………はい。無茶を、申し上げました……」

私は深く頭を下げようとし、向かい合ったナディル様の胸におでこが当たった。

ナディル様はそんな私をそっと抱《だ》きしめる。

「彼女が犯した罪で犠牲《ぎせい》になった者の数は二桁《ふたけた》ではきかぬ。……君が探させていたアル・バイゼルの総督府《そうとくふ》のアゼル・ラシール＝リブラ、わかるか？」

「はい」

元代官秘書《だいかんひしょ》だった、公爵拉致《らち》事件の目撃者《もくげきしゃ》の一人だ。

「彼《かれ》は殺されて……遺体で見つかった。公爵に恩義《おんぎ》を感じていたらしい彼は、公爵を救い出そうとして死んだ。彼は公爵の拉致の状況《じょうきょう》が何かおかしいことに気付いていたのだろう。それが公爵の不利になってはいけないと考えたのか、だからこそ彼の証言はいろいろおかしかったのだ。彼は役人に知らせずに身内だけで公爵を救おうとした……そして失敗した。アル・バイゼルの港の倉庫街の一角に、彼と彼以外に三人の遺体が発見された。一人は彼の弟で、二人は友人。友人の一人は子どもが生まれたばかりだったそうだ」

「……それは……」

「それから、アングローズ子爵令嬢《ししやくれいじよう》を拉致するときも、彼女の護衛が二人殺されている」

私は目を見開いた。

「知りませんでした……」

あまりのことに、声が震《ふる》える。

「それから、アル・バイゼルで夫人の臨時《りんじ》の侍女《じじよ》をしていた娘《むすめ》とその家族……使用人も含めて一家全員が殺されていた」

「どうして……」

「大聖堂以外の拠点《きよてん》の一つとして、その侍女の家を使っていたらしい。何か知ってはいけないことを知ってしまったのか、あるいは仲間割れでもおこしたのか――幸い、大聖堂では一人も亡くなっていないそうだが、大聖堂に賊《ぞく》を引きこんだのも彼女だ」

「…………」

「他にも余罪はいくらでも出てくるだろう。――リブラは夫人の名で呼び出された形《けい》跡《せき》もあるという。……知《し》らないでは、すまされないのだ」

静かな……悟《さと》すような声音《こわね》だった。

「……はい……」

私はうなづいた。

口惜《くや》しいのか、哀しいのかわからなかった。

ただ、深い喪失感《そうしつかん》がある――何を失ったのかすら、わかっていないのに。


翌日は、雨だった。

雨といっても土砂《どしゃ》降《ぶ》りというわけではない。降っているか降っていないか疑問に思ってしまうほどの繊細《せんさい》な霧雨《きりさめ》の中、行軍の速度はまったく落ちなかった。

（よく整備された街道《かいどう》と間道と駅があってこその、この行軍速度というわけですね……）

この道筋の駅には連絡《れんらく》が行《い》き渡《わた》っており、駅ごとに最大数の替え馬が用意されていて、皆《みな》は順番に馬を替えながら行列の編成を入《い》れ替《か》え、速度を落とさずに進軍していた。

（……正直なところ、わりと限界です）

昼過ぎにリーフィッド領との境界の街ラガシュに到着《とうちゃく》したときは、もう馬に揺られるのは金輪際《こんりんざい》ごめんだという気分になっていた。

「陛下《へいか》、王妃殿下《おうひでんか》、ラガシュにようこそいらっしゃいました」

やっとのことで地面に足をつけることができた時、私はもうかなり限界でふらふらだった。

「ああ」

「よろしくお願いします」

それでも、私はナディル様達の話し合いの場に同席することを望んだ。

(知らないままでいたくない)

前に立つ騎士《きし》の先導でラガシュの公館に案内されると、私は着替え用の小部屋に入る。すぐにレーヌが来てほんのりと花の香《かお》りがする濡《ぬ》れた布をくれたので、まずは手足を拭《ぬぐ》い、顔を洗った。

「王妃殿下、お召《め》し替《か》えを」

やや遅《おく》れてやってきたミレディが、新しい乗馬服を持ってきてくれた。

「ナディルさまがかばっていて下さったから、ほとんど濡れていません」

「汗《あせ》だってかいていますもの。……お風呂は夜になります」

「ありがとう。お風呂に入れるだけで嬉《うれ》しいわ」

「このあたりは温泉が湧《わ》いているそうで、公館の浴場もその湯をひいているのだとか」

「まあ……それは楽しみね」

少し甘い香りに癒《いや》された気分になりながら身体を拭い、新しい乗馬服に着替える。

しばらくガウンを着なくて済むと思うと少し嬉しかった。ガウンと乗馬服では行動の自由度がまったく違う。

「……ナディルさまは？」

「お召し替えをなさっているかと思います」

「そう。……打ち合わせはもう始まるのかしら？　飲み物を準備できる？」

「可能です」

「何をご用意しますか？」

「はちみつと檸檬《れもん》と生姜《しょうが》、それから白ワインを少々」

生姜をたっぷりいれたはちみつ檸檬は、身体が温まるだけでなく、疲労を回復させてくれるだろう。仕上げに入れるワインにも身体を温める効果がある。沸かすからアルコール分はほとんどとんでしまうので、酔《よ》うこともない。

「失礼します」

レーヌの先導で足を踏《ふ》み入《い》れた室内では、バラバラと人が集合しているようだった。

私とレーヌが飲み物を持ってきたことを告げ、自由に持っていくように言うと、皆が嬉しそうに礼を言いながらゴブレットを手にしてそれぞれの席についた。

「……え？　姫さん？　何しちゃってんの？　ええっ、何でいるの？」

「フィル＝リン？　フィルこそどうしてここに？　公爵の一行を追っていたのではないのですか？」

ナディル様から、フィル＝リンは公爵の行方を追っていると聞いていた。

「ええ、そうです。……ストールの裾野《すその》を抜けてきたところで、ついにこちらに合流してしまったという……」

ははは……と笑うフィル＝リンのどこか軽い表情とは裏腹に、私の中では、ずっと考えないようにしていた疑念が大きくなる。

「……フィル、公爵を救い出すことはできたのですか？」

「…………いや」

たぶん、その答えがすべてだったと思う。

「姫さん？　顔色悪いぜ？」

「大丈夫《だいじょうぶ》です。少し疲《つか》れただけなの」

（……ああ……）

不意に、空気の色が変わった。

ナディル様が来たのだ、とわかる。

ナディル様の周囲の空気はいつも変わらない。

「……………ルティア？」

「ナディルさま、お飲み物をどうぞ。身体が温まります」

「……ありがとう。ルティアも飲みなさい」

こちらへ、と、仮玉座として設置してあるご自身の椅子《いす》の隣《となり》にエスコートした私を座《すわ》らせる。

そしてなぜか当たり前のような顔をして私のおでこに自身のおでこをくっつけた。

（………………はい？）

一瞬《いっしゅん》、反応ができなかった——何が起こっているのかわからなかったので。

（……ち、近すぎる）

いつだったかも思ったけれど、ほんと睫毛《まつげ》長いなぁなんてどうでもいいことを考える。

（……今更ですけど、ナディルさま、顔が良すぎる……）

すごく好みだと思ってたけど、元々この顔が好みなのではなく、ナディル様を好きになったからこの顔が好みになったんですよね、なんてことに気付いてしまった。

そのあたりの思考の流れがあんまりにも自然で、一瞬、我が事ながら理解が追いつかなかったくらいだ。

それからここ数日、私達の距離感が異常だったということにも気付いてしまった……。

(撫でる代わりに頬ずりとか何とも思わずに受け入れてたし、あと、衆目《しゅうもく》のある中で平然とキスも交わしましたよね!?)

挨拶《あいさつ》の意味のキスを頻にしただけだったけど、良く考えるとあれは結構恥ずかしいのでは?

更にいろいろ思い出そうとして、私はそこで自分の思考にストップをかける。たぶん、これ以上思い出すのは危険だ。

(いや、現実逃避《とうひ》しているわけじゃないんですけど……)

ふと目の前に意識を戻せば、驚くほどの至近距離にナディル様の美しい顔がある。

底に銀を帯びた蒼《あお》の瞳《ひとみ》………氷の眼差《まなざ》しだと言われるけれど、その色は私にとって絶対の安心を約束する色だった――――はずなのに、どうして私はこんなにもドキドキしているんだろう?

(え? もしかして、私、具合が悪いのかしら?)

何か顔が熱いし、急に心臓の音が大きく聞こえるようになった気がする。

「少し、熱があるのではないか?」

私はここまで来て除け者《もの》にされたくなくて、首を横に振った。

(ここで甘やかされるのは、なしです)

「いいえ。たぶん少し疲れただけで具合は悪くないのです」

「……大事をとって休んでほしいのだが」

「父のことを知りたいので、最初の報告だけでも同席させてください」

もし……私が疑惑《ぎわく》を抱《いだ》いている通りであるのならば、私が決断しなければならない。

(万が一、公爵が裏切ったのだったら……私が言わなければ……)

これだけは、ナディル様に言わせるわけにはいかない。

「……そうか」

ナディル様は、私を無理に部屋に戻《もど》そうとはしなかった。

ふと見られているような気がしてそちらに視線を向けると、フィルがニヤニヤとした表情でこちらを見ている。リリアの生温い表情もあれだけど、フィルのこの表情もちょっとどうしていいかわからない。

(わ、私、別に……)

何を言われたわけでもないのに、心の中で意味のない言い訳をしながら、私はぷいっと顔を背けた。何だか耳元まで熱くなったような気がした。

簡易的な御前会議《ごぜんかいぎ》において、最初に行われるのはこれまでの情報共有だ。

あらかじめラガシュで合流することになっていた人達も同席したため、大きな食堂用テーブルはすっかりいっぱいになってしまった。

ナディル様や側近の人達はそんな状況にも慣れているのだろう。

まずは王宮の現況《げんきょう》報告から始め、それぞれが得ている情報を整理してわかりやすく皆に共有していく。

（……すごい……）

何が一番すごいかというと、ナディル様だ。別に妻の欲目や惚《ほ》れた欲目とかではない。

御前会議で情報共有するその流れというか、システムを作ってしまったのがすごいのだ。

もちろんシステムとはいってもコンピューターやそれに類《るい》する機械があるというわけではなく、人と情報を繋《つな》げるその仕組みだ。

電話のような一瞬にして伝達できる道具がないこの世界で、タイムラグはあっても遠く離れた場所の情報をしっかりと得ている。

バラバラの情報を整理し、ナディル様が的確に言葉を挟《はさ》んで説明させたりまとめたりしてくれるので、私は今この国で何が起こっているのかをちゃんと理解することができた。

（それほど政治に関わってきていない私がわかるんです……）

出席者は皆、これまでの経緯《けいい》を知り、その上でこの席で聞いた情報を理解しただろう。

（それはつまり、皆が共通認識を得たってことなんです）

それがこの後の戦においてどれだけのアドバンテージがあるのか、計り知れないと思う。

（即座に勝利に結びつくことはなくても、局面《きょくめん》を有利に進める助けにはなるはずだ）

「では、最後にフィル＝リン」

「えーと、俺《おれ》はアルダラから公爵を拉致した一行を追った。一行はストールの裾野を抜けてこの公館の裏手の森の奥《おく》で足を止めてる」

「途中《とちゅう》で捕《と》らえなかったのか？」

「人数がちょっと心許《こころもと》なかったのと、何か違和感があったんで泳がせてここまで来た」

「違和感？」

「………あいつら、ダーディニア側の間道を走り継いで抜けたんだ。それこそ、地元民くらいしか知らないような道ばかりだ」

「なぜ、知っている？」

「知っていたのかはわからない。でも、向こう側《シュイラム》を一切通らずに、こちら側《ダーディニア》を通った……おかしいだろう？　しかも、奴らの船はシュイラム船籍《せんせき》だったはずだ。なのに、とっくにシュイラムを通り越し、イシュトラを抜け、ここはリーフィッドだ」

フィル＝リンの言葉に、皮肉げな響きが混じる。

（……やっぱり……）

大聖堂を占拠《せんきょ》した一味はシュイラムの人間と見せかけていたけれど、本当は帝国の人間なのではないかと私は予測していた。

（……あれ……そのことを皆は知っているのかしら？）

「あの……」

「どうした？　ルティア」

「公爵を拉致した一味の仲間だと思われるバイゼラ大聖堂を占拠していた者達は、『わざとらしいシュイラム訛《なま》りを話す帝国人』です、たぶん」

「え？　本当ですか？　王妃殿下」

ナディル様の文官《ぶんかん》の一人に問われて、私はうなづく。

「はい。……シュイラムで生まれた人から、『帝国人だと思う』と言われましたし、施療《せりょう》師《し》のフリをしていた人は我が国の国教である『正教《せいきょう》』ではなく、帝国の国教である『神《しん》教《きょう》』の施療師でした。これは、私が確認しています」

自分も確認しています、とフィノス卿が口にする。

ナディル様がわずかに眉《まゆ》をひそめて私を見たけれど、私は意味がわからずに首を傾げた。

「姫さんの言う通りに公爵を拉致した者達が帝国人なのだとすれば、ここまで来れてもおかしくはない、か……」

フィル＝リンが釈然《しゃくぜん》としない表情で言った。納得《なっとく》できないのだろう。

（……わかります。私もそれだけでは違和感は消せません）

「今は？」

「影《かげ》の奴《やつ》らに見張らせてる」

「公爵はどうされている？　まだ人質でいるのか？　連絡くらいはつけられたのか？」

オストレイ卿《きょう》が問うた。

「……公爵の姿は確認できていない。奴らが大事そうに抱《かか》えている長櫃《ながびつ》の中じゃないかと思っているけどな」

「…………本当ですか？」

私は静かに尋ねた。

疑惑を持った私の問いに、皆の視線が突《つ》き刺《さ》さるように集まった。

「……ルティア？　何か知っているのか？」

ナディル様が少し心配そうに私の顔をのぞく。

「知っているというよりは、違和感があります。……フィルと同じように」

たぶんそれは皆も感じているのだと思う——ただ、口に出さないだけで。

「……君の違和感を教えてくれるか？」

「はい」

私は深い呼吸を一つして、心を定める。

（最後まで冷静に正確に伝えられますように）

「私は父が……公爵が自分の意志で戻《もど》って来ないでいるのではないか、という疑惑を抱《いだ》いています。そう考えると、これまでの違和感が…………なぜ、途中で逃《に》げなかったのか、ということに説明がつくように思うからです」

「……まさか」

「そんな……」

「王妃殿下、お父上でいらっしゃいますぞ」

皆の間から驚きの声があがる。

「……わかっています。ですが、これまでにも逃げ出せる機会は何度かあったように思うのです。そして、彼には逃げる理由があります。でも、結局、未《いま》だ拉致されたままです」

「……なあ、姫さん、俺もそれならいろいろ説明つくとは思うんだけどな、姫さんがそう考えた根拠《こんきょ》ってのを教えてくれないか」

フィル＝リンが珍《めずら》しく難しい表情で言った。

「例えば……彼が捕らわれていた船がアルダラに入港したとき――この時が逃げ出すのに最も適した時だったと思います」

「……ああ」

「そうだな」

現地にいたナディル様とフィルならわかるだろう。

「あの瞬間《しゅんかん》だったら、公爵ではなくとも……武芸の心得のない者であっても逃げ出すのはたやすかっただろう」

「はい。でも、彼は逃げなかった……なぜなのでしょう？」

「さあ……」

「私はどこかの時点で、逆転現象が起きたのではないかと思っています」

「「「「逆転現象？」」」」

皆の視線が再度私に突き刺さった。

「はい。……公爵が拉致されて人質だったのは本当のことだったと思います。でも、それがいつからか逆転してしまった……今の彼らは公爵の下僕《げぼく》であり、公爵こそが主導権を握《にぎ》っているのではないかと考えます」

「具体的には？」

「他国の誘拐犯《ゆうかいはん》が、どうしてフィル＝リン並みに我《わ》が国《くに》の間道を知っていたのでしょう？ありえません。でも、公爵ならば知っていてもおかしくないと思うのです」

筆頭公爵が有する情報は多岐《たき》にわたり、そこにはそういった地理的情報も含まれるのではないだろうか？

「いや、王妃殿下。エルゼヴェルト公爵は東部地域になら詳《くわ》しいでしょう。東方《とうほう》将軍だったこともある御方《おかた》だ。でも、ここは西部――フェルディスの領域です。いくら公爵でも、他家の領域の地図まではお持ちではないはずだ」

ダーディニアでは一定レベルの詳細さを持つ地図は、原則として個人所有が禁止されている。

「……ですが、公爵は『王族《ディア》』です。王族は全土の地図を見ることができますから、知っていてもおかしくありません。そうですよね？」

私は隣席《りんせき》のナディル様を見上げた。

「……ああ」

「それに、これまで国境沿いで合同演習をしたことなどはないですか？」

「……五年前に、東方師団と西方《せいほう》師団は、リーフィッドが戦場になった想定で軍事演習を行ったことがある」

ナディル様がまるで書類でも読み上げるような口調で教えて下さった。

「つまり、この周辺で行ったということですよね？」

「ああ」

その場にいた皆がそれぞれ考え込むような表情になる。

きっとナディル様は私などよりずっと前から、公爵が主導権を握っている可能性に気付いていたはずだ。

「でも…………どうして？」

裏切ったのか？　と誰《だれ》かが呟《つぶや》く。

「わかりません。……父ではありますが、私、あまりあの人とお話ししたことがないので」

「まあ、そうでしょうね」

フィル＝リンがあっさりとうなづいた。周囲の皆も概《おおむ》ね同意の様子だ。

「ですから、陛下……」

私はあえてここで陛下と呼んだ。

「ああ」

「……もし……もしも、父がこの国を裏切っていたら、どうか厳しく罰《ばっ》して下さいますよう お願い申し上げます」

罰してほしいと願うということは、彼に罪があると私が思っているということだ。

それでありながら、私はここであえて彼を『父』と呼んだ。

書類上とはいえ、私は彼の一人娘《ひとりむすめ》で……だからこそ、私はエルゼヴェルト公爵の助命《じょめい》を願わない――――いや、願えない。

(憎《にく》しみは、ないのですけど……)

でも、公爵は責任ある立場の人だから、その責任をとらなければいけないと思う。

オストレイ卿が信じられない、という表情で私を見ている。

(……救うか、見捨てるかを決めるのは、私の権利で……義務です)

世にはいろいろな親子関係があるので、オストレイ卿が考えるそれと違っていても仕方がないと思う。

口に出すことのない決意を心の中で呟いた私の頭を、ポンと優しく大きな手が撫《な》でた。


ラガシュの公館は、これまでに宿泊したことのある公館とまったく趣《おもむき》の違う建物だった。

というのは、これまでの公館がすべて煉瓦《れんが》ないし石造りであったのに対し、木造《もくぞう》だったのだ。

(木と漆喰《しっくい》、でしょうか………)

天井には黒光りする太い木の梁《はり》が渡され、そこここに美しい幾何学模様《きかがくもよう》の木組みがのぞいている。壁は塗ったばかりのように白くて、ほとんど黒に見える木組みの濃い茶色とその白の対比はとても美しかった。

木造のせいだろうか、王宮などではあまり感じないぬくもりのようなものを感じられる気がする。

「この部屋は、君が使うといい」

休憩に入ったところでナディル様が案内してくれたのは、公館で最も奥まった一室だ。

（つまり、ここは最も身分の高い者が使う貴賓室《きひんしつ》なのですね）

「こういうお部屋は、ナディルさまが使うべきなのでは？」

「私はこの後も仕事がある。……正直、寝台《しんだい》を使う予定もないので、部屋があってももったいないだけだ」

「少しはお休みにならないと……身体に障《さわ》ります」

私は願いを込めて、ナディル様を見上げる。

そして、ため息と共に先に目を逸《そ》らしたのはナディル様だった。

（……………勝った）

「……できる限り努力はする――――それでいいか？」

「はい」

「では、もしも眠る時間ができたら、君の隣に潜《もぐ》り込むことにしよう」

ニヤリとナディル様が笑ったので、私は真顔でうなづいた。

王宮では、後宮《こうきゅう》に移ったその日から一緒なのだ。今更同じ寝台を使うことに恥じらいはない。

「ぜひ、お待ちしております」

私の回答に、ナディル様はくすくすと耐えきれずに笑みを漏《も》らし、それからおかしくてたまらないという風に笑った。

「…………何かおかしかったですか？」

私はナディル様の笑いの理由がわからずに首を傾げる。

「いいや、おかしくはない。ただ…………私が嬉しいだけだ」

「嬉しい、ですか？」

「ああ。君が、私と同じ寝台を使うことが当然だと思っていることが嬉しい」

ナディル様はそう言って、私の頭のてっぺんに触れるだけの口づけを一つ落とす。

「……ご機嫌《きげん》ですね」

「ああ、こんな時に何を、と思わないではないが、最高の気分だな」

（一緒に寝ることが当然なのが、そんなに嬉しいのでしょうか？）

よくわからなかったけれど、ナディル様がご機嫌なので良いか、という気分になった。


「……そういえば、ルティア」

「はい？」

ナディル様に連れられて、室内を確認して回るなか、名を呼ばれてそちらに視線をやった。

（これってもしもの時の避難《ひなん》ルートかしら？）

あんまり複雑だと覚えられないかもしれないと思って、私はちょっと怯《ひる》んでいた。

（方向音痴《おんち》って不治《ふじ》の病《やまい》なんですよ！　悲しいことに！）

寝室から寝室のベランダ、そこで下へと降りる階段を確認する。

「君は、本当に公爵が裏切ったと思うかい？」

何の気まぐれか、ナディル様は「アレ」ではなく「公爵」と口にした。

「いいえ。……裏切ったと思われても仕方のないことはなさっていると思いますけれど」

私は即答する。それから、少し言葉が足りないかなと思って付け加えた。

「……公爵を捕《と》らえているのが帝国人だったとしても、彼が逃げない理由にはなりません。そして、どれほど丹念《たんねん》に間道を調査したとしても、実際に使ったことがなければフィルが追いかけるだけしかできないような速度で踏破《とうは》するのは難しかったのではないでしょうか？　私は、間道を教えたのも、先導したのも、公爵ではないかと思っています」

「私もそう思う。……公爵はおそらく船で囚われている間に何かを知ったのだと思う。それを探ろうと思ったのか、それとも排除《はいじょ》しようと思ったのかわからないが、そこで犯人と被害者の構図が逆転したのだろう」

「何かというのは？」

「帝国の関与を知った…………いや、私達は最初から帝国が裏で糸を引いていたのではないかと予測していた。捕らえられた公爵が彼にしか知り得ない情報で同じ結論に達し、更に探ろうとしたとしても不思議はない」

「裏切ったと思われてでも、ですか？」

「ああ。………ただ逃げ戻ってくるわけにはいかない事情が彼にはある」

「………ルシエラ夫人、ですね」

「そうだ」

自分が戻っても、どんなに口添えしても、ルシエラ夫人の罪は覆《くつがえ》らない。

（でも………）

私が考えたように、公爵も何か功績《こうせき》を立てることと引き換えにすれば命だけは助けられる、という希望を捨てられなかったのではないか？

（あるいは、ただ逃げ帰ってくるだけでは自分の面子《メンツ》が立たないと考えただけかもしれないけれど……）

隣室へ抜け、着替え用の小部屋や隠れられるクローゼット、エチケットルームを確認してから、再度ベランダに出た。

「それでも、君は彼の処分を望むのか？」

「………それも、公爵の計算のうちなのでは？　もしくは、ナディルさまの計算のうちと言ってもかまいませんが」

「……もしや、私と公爵が共謀《きょうぼう》しているとでも思っているのか？」

「いいえ。……ただ、公爵はたぶんナディルさまならわかっていると思ってやっていて、ナディルさまもそれをわかっていらっしゃるのではないでしょうか？」

この二人も大概《たいがい》だと思う。

（同族嫌悪《けんお》とか、同類嫌悪とか、そういうものをこじらせていらっしゃいましたもんね、二人とも……）

「……ルティア」

「はい」

霧のような雨はいつの間にか止んでいて、流れていく雲の切れ間に時折、月の光が差した。

「私は、アレが何を考えているのかすべてわかっているとは思わない。ただ、アレがやりそうなことは何となくわかる」

（……また、「アレ」に戻ってる）

「……はい」

そうですよね、似た者同士だからわかりますよね。なんて言ったらきっとすごく反論されそうだと思ったので、ただうなづいた。

「もし……もし、何か騒ぎが起こるようなことがあったら、君は自分の身を優先しなさい」

「はい。……ナディルさまもちゃんと逃げてくださいね」

「…………ああ」

その間《ま》は何なのだ、と思ったけれど、問うことはしなかった。

（逃げるよりもやらなければいけないことがあるのですね、きっと……）

「……それと……もし、何らかの事情で避難することになっても、山側には降りないように。……あちら側は、どこに敵がいてもおかしくない」

「はい」

私は素直にうなづいた。

私達が立つベランダを、雨上がり特有のむっとした風が一撫《ひとな》でして抜けていった。


私に身体を休めるように言い置いて、ナディル様はお仕事に戻る。

王宮に居てもそれほど侍女を多く置いているわけではないけれど、室内はレーヌと二人きりになった。

「……ねえレーヌ、東部にもこういう建物はあるのかしら？」

「こういう、というと、公館のような建物、ということですか？　公館は東部でも順次設置が進められていますけれど、まだないところも多いですね」

ミレディがいない代わりに、レーヌが私の介添《かいぞ》えをしてくれるのだけれど、下手《へた》な新人の侍女よりも、レーヌの方がよほど手際がよい。

「違うの。えーと、木造の建物、です」

「ああ……農村などでは多いですよ。街の中央部は石造りや煉瓦の建物が多いですが、離れて行くにつれて木造の建物が増えます……と言っても、私は家の所領と軍の関係で行った場所しか知らないので、すべてがそうというわけではないと思いますが」

「そうですか。……じゃあ、私が見たことなかっただけなのね。私は、あんまり外に出たことがないのです。今回の旅が初めてのようなもので……アル・バイゼルまでの道中もあまり木造の建物を見た記憶がなかったので」

私が今の『私』になってから、エルゼヴェルトから王宮に戻るための旅をしたけれど、あの時はまったく周囲を見る余裕がなかった。

「東部は古くからある集落が多いので、このあたりに比べると石造りの建物が断然多いのです。王妃殿下がアル・バイゼルまで使ったであろう道は、巡礼《じゅんれい》の行く道でもあって、古くから開けている地が多いので建物も古いものが多いのだと思います」

「巡礼、ですか？」

「はい。王都からの巡礼は、バイゼラ大聖堂に必ず立ち寄ってから正教の総本山アルジュに向かいますので、巡礼とほぼ同じ道を辿られたのだと思いますよ」

(……なるほど、それでいろいろ慣れていたわけです)

街道沿いの駅の人達の聖職者《せいしょくしゃ》への対応が自然だったのはそのせいなのだろう。

シオン様ほどの高位聖職者は珍しいにせよ、巡礼道であるのならば聖職者が通ることは珍しくない。もしかしたら、そのおかげで同行していた私達もまったく詮索《せんさく》されなかったのかもしれない。

「……巡礼をする人は多いのでしょうか？」

「聖職者や修道《しゅうどう》の誓いを立てた人々はともかく、一般の人々の場合は、半分くらいは物《もの》見遊山《みゆさん》ですね……地域によっては、巡礼の目的地もいろいろ違うと聞いたことがあります」

「……そう」

もし、次に何らかの理由で身分を隠して旅をしなければならないときは、巡礼を装《よそお》えばいいのか。

(一つ、勉強になりました)

「昔はエサルカルからもよく巡礼の人達が来ていました。実は我が家の領土は、西からの巡礼者が通る街道沿いにありまして……街道整備に協力した褒美として、複数の駅の管理を任《まか》されているんです」

「へえ……レーヌのお父様は、やり手なのですね」

街道整備事業はなかなか周辺貴族の理解を得られていない。初期の投資額《とうしがく》があまりにも大きいからで、ナディル様達は毎年予算のやりくりに四苦八苦している。

「いえいえ。父は昔、陛下に助けていただいたことがあるそうで、心より陛下を崇拝《すうはい》しておりまして……陛下がなさることであれば、という一心で協力をしたのです。だからこそ、エルゼヴェルト公爵には少々批判的で……それで公爵にうるさがられて、遠ざけられました」

やり手というのではなく、無骨《ぶこつ》で不器用な父なんです、とレーヌは少し恥ずかしそうに……温かな笑みで語る。

「でも、レーヌはお父様がお好きなのでしょう？」

聞かなくてもその表情だけでわかる。

「はい。……うるさくて、頑固《がんこ》で、石頭《いしあたま》で、娘のことなんて何もわかってない父ですけど」

レーヌが自分の父親を思い出すその眼差しの優しさ、柔らかさにほんの少しだけ羨望《せんぼう》を覚えた。

私にとって『父』に当たる人が、そういう対象ではないからこそ、尚更に。

(私は、公爵をそんな風に見たことが一度もないですね)

今の私になって、エルゼヴェルト公爵とは折々《おりおり》にそれなりの関わりを持ってきた。

公爵は熱心に働きかけてくれたし、私も節度ある範囲でそれに応じてきたつもりだ。

けれど、慕《した》わしさのようなものが心に生まれたことは、あまりなかったように思う。

（いえ、ぬくもりのような何かを感じた瞬間はゼロではないんですけれど…………だいたい、その後にそれを帳消しにするような出来事があるんですよね）

よって、私と公爵の関係は、良くてプラマイゼロのラインを行き来する感じだった。

（たぶん、期待するのを止めた、というのが正しいのだと思います――――元からそれほど期待していたかというと、ちょっと答えかねますけど……）

「王妃殿下は、公爵のことをお慕いしてはいないのですね」

「……慕うところが見つからないというか……どう接していいかわからないんです。血の繋がった他人というのが一番近いかも知れません」

「血の繋がった他人、ですか…………」

「ええ。別に嫌っているわけでも恨《うら》んでいるわけでもないのですが……家族、と思ってはいないのです。私の家族は、ナディルさまで……もうちょっと範囲を広げるのならば、アル殿下やシオンさまやナディなのです」

あとはものすごく範囲を広げると、ユーリア妃殿下や前の陛下が入るかもしれない。

「…………ラエル様達も、家族ではないのですね」

「はい。家族と呼ぶには、お互い遠すぎるところにいますから」

「申し訳ございません。出過ぎたことを……」

「いいえ、構いません。……フィノス卿が心配だからなのでしょう？」

レーヌは真っ赤になって俯きながらも、小さくうなづいた。

（ほんっとうに三番目のお異母兄《にい》さんが大好きですよね、レーヌ）

お節介《せっかい》をしてあげたほうが良いのだろうか？　良い縁談を世話してあげるのも私の仕事のうちだったはずだ。

「……でも、リリアの前では駄目ですよ。後で怒られます」

「はい」

私は家族であるはずなのに、家族であったことはない人のことを考えた。

（あの人は…………公爵は、何を考えて裏切りと思われても仕方がないようなことをしているのだろう？）

ルシエラ夫人の助命嘆願《じょめいたんがん》をするために大きな功績を求めるにしても、これではその前に自分の罪が大きくなり過ぎるのではないだろうか？

（それとも、やっぱり単純に裏切ったと考えるほうが正解なのかしら？）

でも、私は、公爵が裏切ったとは思いたくなかった。

私の母を哀しみに追いやってまで愛した女性を、見捨てるような人だと思いたくない。

必死で公爵を探す異母兄達が、連座《れんざ》させられるかもしれないことを知っていながら見捨てる人だとも思いたくない。

父だとは思わないのだけれど、それでもまだ何かを期待している。

(ナディルさまも、裏切ったとは思わないとおっしゃった……)

それに、彼は筆頭公爵なのだ。

(それ以上の地位を狙うというのなら、それは玉座しかなくて……)

もし、彼がダーディニアを裏切り、他国を引き入れて王族を殺し、玉座に就いたとしても、その瞬間からダーディニアという国が滅《ほろ》びの道を辿ると彼は知っている。

国ごと滅びるために大逆を犯すような無意味なことを彼がするとは思えない。

(それくらいは、私にもわかる)

では、彼は何をしようとしているのだろう?

(というか、もうこの時点で、公爵は無処分というわけにはいかなくなっていますよね)

ルシエラ夫人の犯した罪を軽減《けいげん》するどころか共謀《きょうぼう》していると見なされてもおかしくない状態だ。しかも、自身が先導して秘密の間道を教えたと思われている。

それは、他国の間者を引き入れたばかりか我が国の極秘情報を敵方に流したと言われても仕方がない所業だ。

(……あれ? ……もしかして、ナディルさまをリーフィッドに誘引《ゆういん》するつもりで? 確かにそれを知ればナディルさまは放ってはおけなかっただろうけれど……でも、ナディルさまがこちらに自ら赴《おもむ》くことを公爵は予想できていたかしら?)

私にはわからない。

ナディル様のことならば少しは予測がつくけれど、公爵のことは本当にわからなかった。

（私は、公爵のことを全然知らないから……）

それを残念だとは思わないけれど、判断材料が足りないことが口惜しくもある。

「……あ、いい匂いがしてきましたね」

「今日はベーコンと野菜のシチューよ。このあたりは良い牛乳とチーズの産地だと聞いたから、ミレディにおすすめしておいたの」

「もしかして、ミレディ様は厨房《ちゅうぼう》ですか？」

「ええ。夕食までレーヌは休んでいて頂戴《ちょうだい》。……私もここで休むから。夜はレーヌに不《ふ》寝番《しんばん》をしてもらうことになるわ」

それで、ミレディに休んでもらうつもりだ。

「はい」

レーヌは心得たようにうなづいた。

夜半過ぎ、焦《こ》げた臭《にお》いで目が覚めた。

「王妃殿下！」

レーヌとミレディが顔色を変えてやってくる。

「……どこから出火したのかしら？」

靴下とブーツを履《は》きながら、私はナディル様と歩き回ったこの部屋周辺の簡単な見取り図を頭の中で描いた。

「わかりませんが、複数箇所から煙が出ているように思います。たぶん……」

付け火ではないかと、とレーヌが小声で呟く。断言するにははばかられたのだろう。

「陛下は？　……私があちらを抜けて裏庭に出てしまっても大丈夫だと思う？」

脳裏《のうり》に外へと出るルートを描き出した。寝室の前のベランダから降りるのが一番近いけれど、そちら側は切り立った山の斜面へと続いている。

（寝室のベランダから下りて外をぐるっと回るのは、一番待ち伏せがありそうですよね……）

山を越えた向こうは最前線となっているリーフィッド領だし、山側は避《さ》けるように言われている。

だとするならば、寝室の手前の部屋から着替え用の小部屋を抜け、ベランダ伝いに裏庭に出るのが良いように思う。

「ここは最も身分が高い者が使っている、と敵が考えている可能性が高いです。そうすると、寝室から出るのは危険かもしれませんので……」

私が手前の部屋への扉を指さすと、ミレディとレーヌの脳裏にも同じルートが思い浮かんだようで、二人は顔を見合わせてから私に向き直る。

「ですが、そちらにも、敵が待ち構えているかもしれません」

「とはいえ、このまま来るかわからない迎えを待つわけにも……」

締め切った扉の隙間から煙が流れ込んできている。誰かが私を迎えに来るつもりがあったとしても、無理かもしれない。

(私が逃げることが最優先です)

それがナディル様の言いつけだ。

「……出ましょう。公館内にはどんどん煙が満ちるでしょう。陛下を探して煙《けむり》に巻かれたり、あるいは煙の中で敵に遭遇《そうぐう》したりするより、外の方がマシだと思います」

たとえ敵と遭遇しても視界がある方がマシだ。

レーヌは軍の制服のままで、私とミレディは乗馬服姿のまま休んでいたので、身支度《みじたく》を整えるのにあまり時間はかからなかった。

レーヌが帯剣《たいけん》しているのは当然なのだけれど、ミレディまで腰に細剣を下げているのには驚いた。

「……ミレディも剣を使えるの？」

「多少は、です。女官は剣の手ほどきをうけるのは必修《ひっしゅう》ですから」

「そうなのね……私も覚えた方がいいのかしら？」

「いいえ。……王妃殿下にはいついかなる時も刃《やいば》など握らせてはならぬ、というのが陛下のおおせです――ただし、包丁《ほうちょう》をのぞく、とのことでしたが」

ミレディが付け加えた言葉に、こんな時だというのに私とレーヌは笑ってしまった。

（この火事は、ナディルさまの計算外なのかしら？　計算内なのかしら？）

避難ルートをあんなにも丁寧《ていねい》に一緒に確認したのだから、きっとナディル様の想定内なのだろうなと思う。だから私に、己を最優先しろと言い置いたのだ。

「……王妃殿下、それ、どうするのですか？」

寝室の手前の部屋を抜けるときに私が手に取ってきたのは、果物《くだもの》の入った籠《かご》だった。公館の管理人の心づくしの献上品《けんじょうひん》である。とっさに、予備で持っていた携帯糧食の缶も籠の隙間に詰めてきた。

旅の途上では、新鮮な果物はとても有《あ》り難《がた》い物なので嬉しかったし、携帯糧食も無駄《むだ》にはしたくなかった。

このまま焼け出されたとしても役立つものだと思う。

（……食料は大事です）

「献上品を置いていくのは忍《しの》びないので……」

もし敵が居たら林檎《りんご》を投げつけてやろうなんて思っていない…………いや、ちょっとだけ思っている。内緒《ないしょ》だけど。

先頭をレーヌが歩き、その後ろに私、背後をミレディが注意しながら、私達は注意深く煙の室内を抜けた。

（たぶん、こちらは火元からはやや遠いのね）

湿《しめ》らせた手巾《ハンカチ》で口元を押さえながらも、このあたりはまだそれほど煙が濃くない。

小部屋からベランダに出ようとしたとき、レーヌは私達に少し離れた壁に張り付くように合図した。

私とミレディは言いつけ通り、壁にぴったりと背をつける。

ベランダの長窓の前に影が立った。

影が長窓に手をかけた瞬間、レーヌは、力いっぱい勢《いきお》いをつけて長窓を開けた。

「うおっ」

鈍《にぶ》い呻《うめ》き声《ごえ》——窓と壁の間に、影を……その前に立っていた男を挟んだのだ。

すかさずレーヌは手にしていた剣を閃《ひらめ》かせた。

それが敵であると確信したのだろう。迷いのない斬撃《ざんげき》が夜を切《き》り裂《さ》き、肉を断つ音がした。

「ぎゃあああああぁっ」

呻き声とも悲鳴ともつかぬ知らぬ誰かの喉《のど》から漏れた音に、私は思わず目を瞑《つむ》って奥歯を噛《か》みしめる。

それはあるいは断末魔《だんまつま》の叫びだったのかもしれない。

小さく震えるのを堪《こら》えながら、目を見開く。

ミレディが私の前に立ってその光景を隠そうとするのに、私は首を振った。

目を背《そむ》けてはならないのだと思った。

(私は、見るためにここまで来たのだから……)

そして、レーヌは私を守るために私を狙った敵を殺したのだ。

淀《よど》んでひんやりとしたものが身の裡《うち》をひたひたと浸《ひた》してゆく感じがして……それと同時に泣きたいような気持ちになった。

ナディル様の元に飛んで行きたいと思い、同時に早く助けに来てほしいとも思った。

矛盾《むじゅん》しているようだけれど、こんな時に冷静に考えられるわけなどない。

大事なことは、ここで泣き出したり立ちすくんだりしないことだ。

(……戦場だってわかってて来たんでしょう、しっかりしなさい、私)

自分を叱咤《しった》し、震える膝《ひざ》に力を込めてしっかりと地を踏みしめた。

「…………レーヌ……」

「来ないでください、エルティ様」

険しい声がとび、レーヌの左手が、そこから動くな、と私達を押しとどめた。

（……まだ、敵がいる……）

ミレディが私を庇《かば》うように立った。

「どうして君がここにいるのかな？　エレーヌ＝ヴィクトリア」

（……この、声！）

私は、息をのんだ。

レーヌは一歩前に出て長窓を閉ざし、私達を隠すように立つ。

「それは私のセリフです。どうしてあなたがここにいらっしゃるのですか？　公爵閣下《かっか》」

「……逃げてきたのだと言ったら、信じてくれるかい？」

何の感情も含まない声が響く。

「…………いいえ」

ミレディが、私の手を引いた。

レーヌが時間を稼いでいる間に逃げようというのだ。

でも、私は首を横に振った。

「しばらく会わぬ間に、随分《ずいぶん》と強くなったようだ」

「…………投降《とうこう》するのであれば、剣を捨ててください」

張り詰めた空気の中、息を潜《ひそ》めて耳を澄ませた。

「そのつもりはないな。……理由がない」

「……それは、陛下に手向《てむ》かいするということでしょうか？」

「そんな気もないよ、信じてもらえないかもしれないが……そこを退《ど》いてくれないか、君と斬《き》り結ぶつもりはないんだ」

「……私はかつて閣下の部下であり、貴方は本家の御当主《ごとうしゅ》、我が氏族《しぞく》が盟主《めいしゅ》として仰《あお》いだ身でもあれば、信じたい、と思うのです……でも、今の私の主《あるじ》は、王妃殿下なのです――だから、私はここを退《しりぞ》くことはできません」

宣言するようなレーヌの言葉が、夜の中に静かに響いた。

カチャリ、とどちらかの――おそらくは、公爵が剣に手を掛けた音がした。

（ごめんなさい、レーヌ。あなたのせっかくの心遣いなのに……）

私がここにいることがわからぬように、あえて『エルティ』と呼んでくれたのに、それを無駄にしてしまうことを申し訳なく思った。

（でも、私はここで公爵と話をしなければなりません）

すっと息を吸い、静かに吐いてから、静かに告げた。

「……レーヌ、もういいです。中へ」

はっと息をのむ音がした。二人分――レーヌと公爵の分だ。

「なぜ、お逃げになってくださらなかったのですか！」

（ごめんなさい。……私は、ここで逃げるわけにはいかないのです）

ここで待ち受けていたのが公爵だったと知った時点で、私に逃げるという選択肢《せんたくし》はなくなった。

「あなたの忠義《ちゆうぎ》を本当に嬉しく思います、ありがとう。……でも、私はその方と話をしなければならないのです」

レーヌの逡巡《しゆんじゆん》が手にとるようにわかった。

その心が、向けられた忠誠が沁《し》みるようにうれしい。

「……………わかりました」

しばしの間の後、レーヌはそっと身を引き、長窓の扉を開いて注意深く後ろ足で中へと入る。

一歩、二歩、三歩……相手から決して目を離さず、剣を構えたままで。

「レーヌ、剣を収めてください」

「…………はい」

一瞬だけ躊躇《ためら》いをみせたけれど、私が言うままにレーヌは剣を収めた――――でも、その手は柄《つか》にかけられたままだ。

(オストレイ卿が言っていました、レーヌが剣を抜く速度は、部隊一だと……)

抜きざまの一撃《いちげき》を躱《かわ》せる人間は、ほとんどいないのだとも。

(剣が軽いからそれでは致命傷《ちめいしよう》を与えられないことが多いけれど、その剣速で隙を作ることが上手いから、護衛に向いていると……）

彼のその言葉が正しかったことを、今、私は身をもって理解している。

もしも、があったとしても、きっとレーヌは私を守ってくれる。

（ありがとう、レーヌ）

レーヌがいてくれること、そうして警戒してくれていることがとても心強い。

「……エレーヌ＝ヴィクトリア、いったい、ここに君が守る誰がいるというんだい？」

少し笑みを含んだ声で呟きながら、その人が室内に足を踏み入れた。

（……この方は声では私がわからないのですね……）

少しだけ失望《しつぼう》した――でも、それはほんの少しだけだ。最初から多くを望んでいるわけではないから。

一歩、二歩と足を進め……そして、三歩めで足取りが揺らいだ。

月の光がちょうど室内に差し込み――彼の眼差しが、私をとらえた。

「……どうして……」

目を見開き、まるで彫像のように固まったまま、彼は小さく震えた。

途中まで人質《ひとじち》であったことは確かなのだろう――髪も髭《ひげ》も整ってはおらず、どこか無精《ぶしょう》めいた空気を纏《まと》っていたし、服装もいつもとはまったく趣《おもむき》の違う軽装《けいそう》だ。およそ公爵という身分のある人のする服装ではない。

（この格好では、遠目では公爵とわからなかったのも無理はありません）

「…………どうして、貴女《あなた》がここにいるのだ」

震える声で、彼は言った。
私は、これほどまでに驚いた人の表情を見たことがなかった。
そして驚愕《きょうがく》する時、人はこんなにも無防備《むぼうび》になることを初めて知った。
言いたいことも、言わなければいけないことも、問いたいこともたくさんあった。
でも、私はそれらすべての代わりに笑った。
こういう時には笑うものだと私に教えたのは、他ならぬナディル様だ。
「それは私の台詞《せりふ》です――エルゼヴェルト公爵」
そして、長い夜になることを、不思議な既視感《きしかん》と共に確信していた。

「お伽話のつづきはじめました。5」おわり

……あとがき

ネットの片隅《かたすみ》で物語を綴《つづ》っている汐邑雛《しおむらひな》と申します。

お伽話《とぎばなし》のつづきも巻を重ねて、とうとう五冊目となりました。

これも応援《おうえん》してくれる皆様《みなさま》のおかげです。ありがとうございます。


今回の巻は、ずっと夫婦《ふうふ》が一緒《いっしょ》にいられる珍《めずら》しい巻となりました。

私はだいたい天井《てんじょう》近くの上の方からこの世界を覗《のぞ》き込《こ》むようにして見ている傍観者《ぼうかんしゃ》なのですが、アルティリエとナディルが二人でいるのを見ていると、どこかむず痒《がゆ》く甘酸《あまず》っぱい気持ちになります。

もうずっと夫婦のはずの二人なのですが、なぜか、『長い初恋《はつこい》をしている幼馴染《おさななじ》みカップルを見守っている気分』になります。

とはいえ、二人でいるところを書くのは新鮮《しんせん》な気分でとても楽しかったです。

武村《たけむら》先生に担当していただいているなんちゃってシンデレラのコミカライズは、現在、原作小説版でいうとだいたい二巻あたりを進行中です。

コミックでは登場人物達の細かな表情や美しいガウンのデザインなど、小説ではよくわからない部分まで美しく描《か》き込《こ》まれています。

小説には決して出来ないコミカライズの表現に口惜《くや》しさを覚えつつも、原作者特権で一番最初に読める幸せをいつも味わっています。

よろしければぜひそちらもご覧になっていただけると嬉《うれ》しいです。

表情豊かで可愛《かわい》いアルティリエをはじめとし、珍しく感情を表すことが多いナディル様やその他の皆《みな》の姿を素敵《すてき》に描いてくれた武村先生、いつにも増してお世話になりました担当様、校正様、刊行に尽力《じんりょく》して下さった皆様、ありがとうございました。

そして、本作を読んで下さった皆様、ありがとうございます。

次巻でいよいよ王国騒乱編《そうらんへん》に決着がつきます。

どうぞ最後までお付き合いいただけますようお願い申し上げます。

汐邑　雛

■ご意見、ご感想をお寄せください。
《ファンレターの宛先》
〒102-8177 東京都千代田区富士見2-13-3
株式会社KADOKAWA ビーズログ文庫編集部
汐邑雛 先生・武村ゆみこ 先生

ビーズログ文庫

●お問い合わせ（エンターブレイン ブランド）
https://www.kadokawa.co.jp/（「お問い合わせ」へお進みください）
※内容によっては、お答えできない場合があります。
※サポートは日本国内のみとさせていただきます。
※Japanese text only

なんちゃってシンデレラ 王《おう》国《こく》騒《そう》乱《らん》編《へん》

お伽《とぎ》話《ばなし》のつづき、はじめました。5

汐《しお》邑《むら》雛《ひな》

2020年4月15日 初版発行

発行者 三坂泰二
発行 株式会社 KADOKAWA
〒102-8177 東京都千代田区富士見2-13-3
（ナビダイヤル）0570-060-555
デザイン 島田絵里子
印刷所 凸版印刷株式会社
製本所 凸版印刷株式会社

ISBN978-4-04-736059-4 C0193

定価はカバーに表示してあります。
◇◇◇

『リゾート地で料理人として働いてみませんか？』
そんな言葉にひかれて新しい仕事を選んだ栞。
その勤め先とは―― 異世界のホテル!? 巨大鳥の卵やドラゴン肉などファンタジー食材を料理して異世界人を魅了します！
四六判単行本 カドカワBOOKS

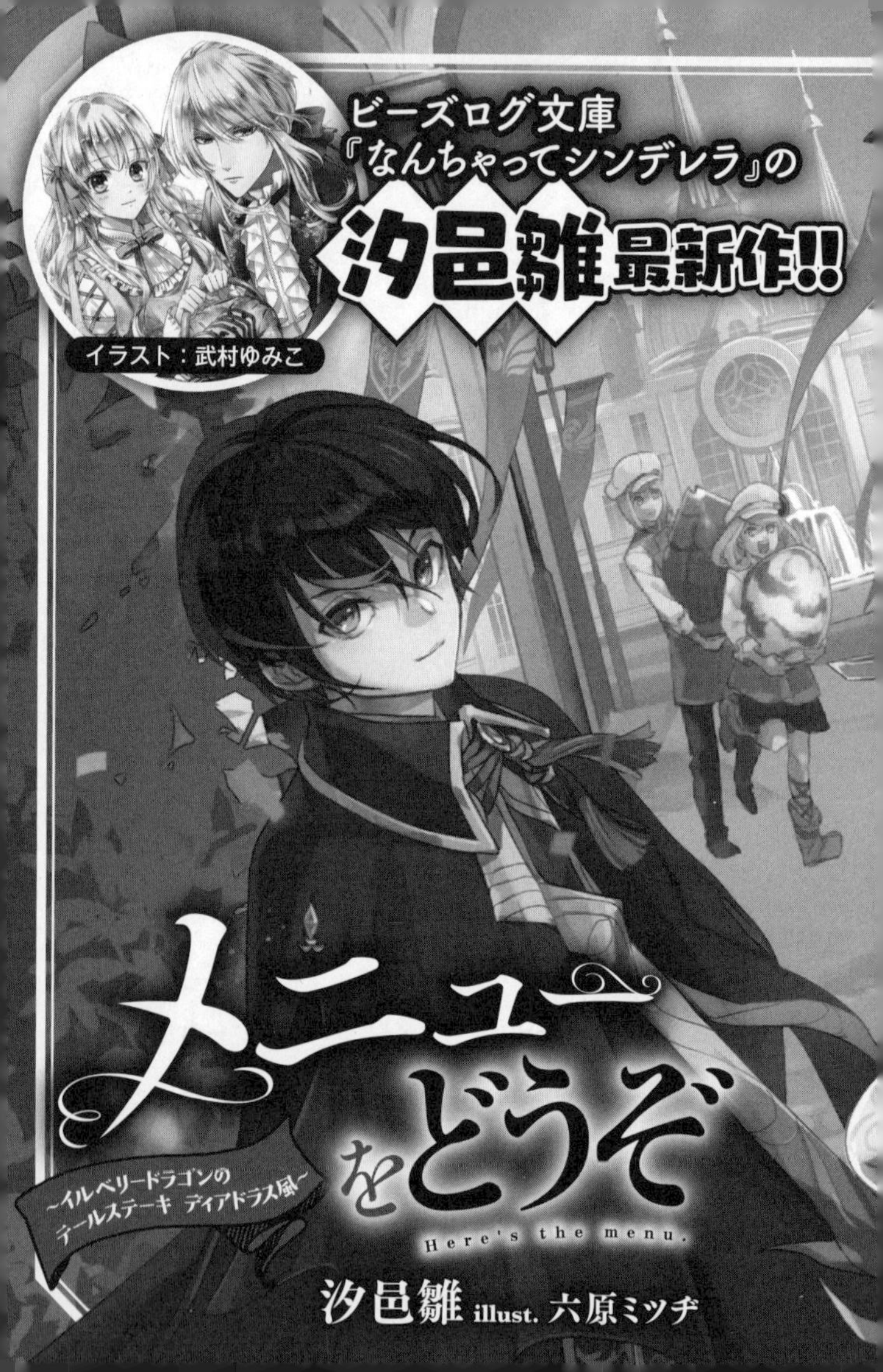

ビーズログ文庫
『なんちゃってシンデレラ』の
汐邑雛最新作!!
イラスト：武村ゆみこ
メニューをどうぞ
~イルベリードラゴンの
テールステーキ ディアドラス風~
Here's the menu.
汐邑雛 illust. 六原ミツヂ

初めての
夫婦喧嘩を経て、
転生幼妻は
国中の
胃袋を掴む——!?
速報!!!
なんちゃってシンデレラ 王国騒乱編
お伽話のつづき、はじめました。
2020年初冬、ついに完結!!

お伽話のつづき、はじめました。
登場人物紹介
ナディル
・エセルバート＝ディア＝リュ・ディール＝ヴェラ＝ダーディエ
ダーディニア国王でアルティリエの夫。妻の料理(と本人)にメロメロ。
アルティリエ
・ルティアーヌ＝ディア＝リュ・ディス＝エルゼヴェルト＝ダーディエ
元パティシエ・和泉麻耶(33歳)の転生した姿。15歳年上の夫の餌付けに奮闘中のダーディニア王妃。

Contents

イラスト／武村ゆみこ

なんちゃってシンデレラ 王国騒乱編

お伽話のつづき、はじめました。5

汐邑雛

JN067090

B's-LOG BUNKO

ビーズログ文庫